# 신들의 구독자

**최달해** 판타지 장편소설

신들의 구독자 8

**초판 1쇄 발행 2023년 8월 17일**

지은이 ｜ 최달해
발행인 ｜ 최원영
편집장 ｜ 이호준
편집 ｜ 송영규 최종건 정재웅 양동훈 곽원호 조정범 강준석 김시언
편집디자인 ｜ 한방울
영업 ｜ 김민원

펴낸곳 ｜ ㈜ 디앤씨미디어
등록 ｜ 2002년 4월 25일 제20-260호
주소 ｜ 서울시 구로구 디지털로 26길 111 JnK디지털타워 503호
전화 ｜ 02-333-2513(대표)
팩시밀리 ｜ 02-333-2514
E-mail ｜ papy_dnc@dncmedia.co.kr
블로그 ｜ blog.naver.com/gnpdl7

ISBN 979-11-364-4645-9 04810
ISBN 979-11-364-4205-5 (SET)

※ 저자와 협의하여 인지는 붙이지 않습니다.
※ 이 책은 ㈜ 디앤씨미디어(파피루스)가 저작권자와의 계약에 따라 발행한 것으로 본사와 저자의 허락 없이는 어떠한 형태나 수단으로도 내용을 이용할 수 없습니다.

# 신들의 구독자 8

최달해 판타지 장편소설

PAPYRUS FANTASY STORY

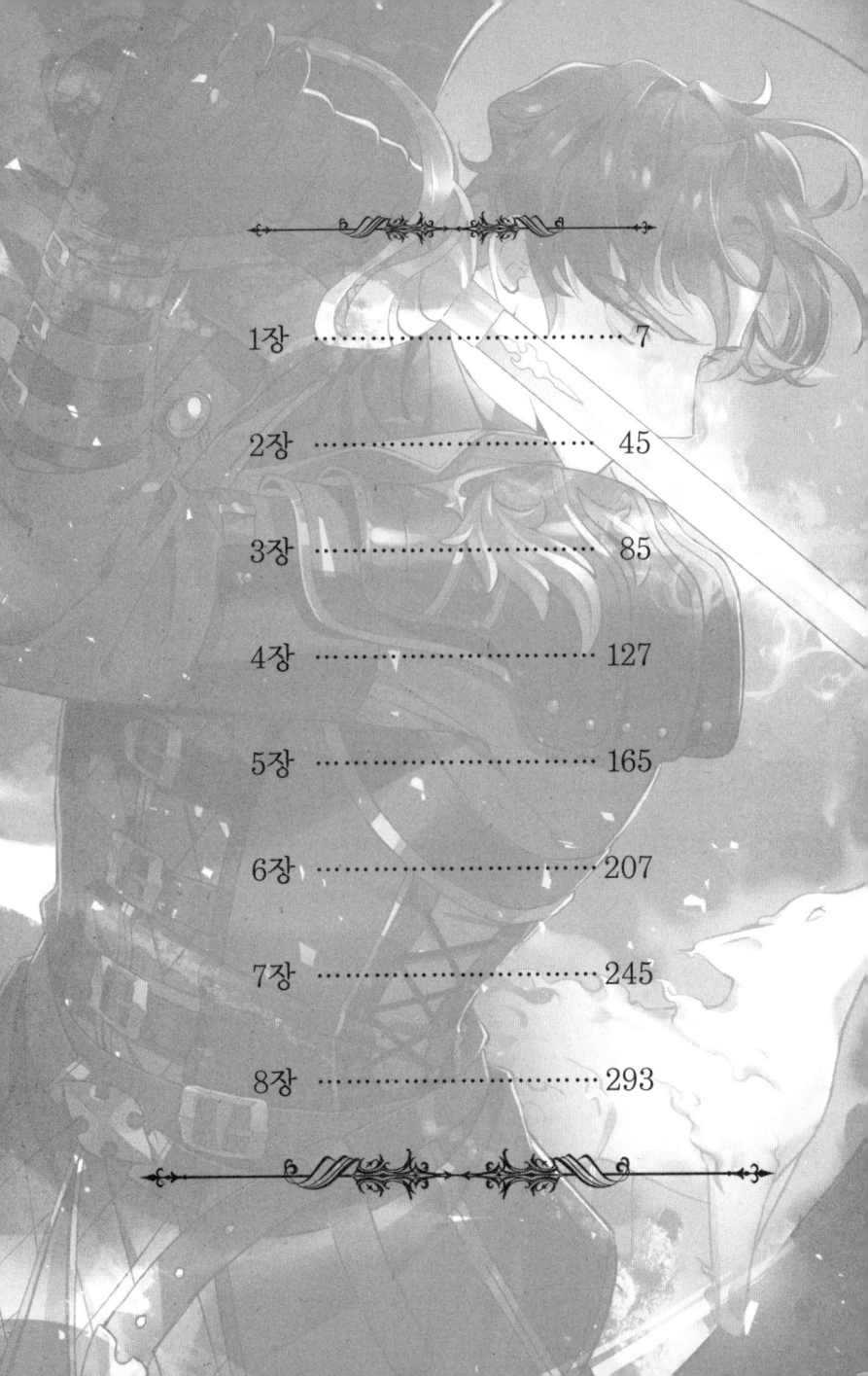

1장 ……………………………… 7
2장 ……………………………… 45
3장 ……………………………… 85
4장 ……………………………… 127
5장 ……………………………… 165
6장 ……………………………… 207
7장 ……………………………… 245
8장 ……………………………… 293

1장

# 1장

"전설 속에서만 나오던 겁니다. 그게 정말 실존하는 건지 알 수조차 없지요. 저조차도 직접 본 적이 없습니다."

프로체슈트 탑주가 고개를 절레절레 저었다.

에단이 원하는 건 탑주 또한 전설로만 들었던 것이었다.

"고대 정령은 전설로나 전해지던 것들입니다. 실존했다 해도 이미 다 사라진 지 오랩니다, 에단 선생님."

고대 정령.

에단은 이 프로체슈트 마탑에서 고대 정령과 계약을 맺을 생각이었다.

'그러면 에단 휘커스로 살아남기 세 번째 퀘스트를 클리어할 수 있어. 그리고 절멸증도 보완할 수 있다.'

물론 고대 정령도 종류가 많기 때문에 어떤 정령과 계약을 맺을 수 있을지는 모른다.

'나도 고대 정령과는 몇 번 계약을 못 맺었으니까.'

고대 정령과 계약을 맺기 위해서는 우선 이 프로체슈트 마탑을 부흥시켜야 한다.

'죽은 땅에 생기를 불어넣으면 된다.'

이 땅이 망가진 본질적인 이유를 없애고 완전히 끊어진 정령과의 선을 다시 이으면 된다.

하지만 그렇게 해도 고대 정령과 계약을 못 맺는 경우가 있었다.

"하지만 의식은 남아 있지 않습니까? 그리고 그 의식은 프로체슈트의 역대 탑주들에게 대대로 내려오고 있다 들었습니다."

에단이 말하자 탑주의 눈이 휘둥그레졌다.

"그걸 어떻게……."

"고문서를 읽다가 알게 되었습니다."

물론 지금의 에단이 읽은 건 아니다.

"……확실히 말씀하신 대로긴 합니다. 저희 가문 대대로 내려오는 계약 의식이 있습니다. 강력한 힘을 지닌 고대의 정령들과 계약을 맺을 수 있는 의식이죠. 하지만 지금에 와선 그 의식을 진행하기가 힘듭니다. 우선 아시다시피 이 땅이 죽어 버렸기도 하고, 의식에 필요한 재료들도 없습니다."

이 의식이 실패하게 되면 고대 정령과 계약을 맺지 못하게 되는 것이다.

물론 이 땅을 다시 되살리면 일반 정령들과 계약을 맺는 건 가능해진다.

'프로체슈트 정령사들도 물심양면 도와주니까.'

고대 정령이 아니더라도 괜찮은 정령들과 계약을 맺는 게 가능하다.

하지만 에단은 그 정도로 만족할 생각이 없었다.

'그걸로 만족할 거라면 이미 요정의 숲에서 요정 여왕과 계약을 했겠지.'

에단은 이 에단 휘커스로 살아남기 -3 퀘스트를 완벽하게 클리어하고 싶었다.

'고대 정령 정도면 보상도 훌륭하겠지.'

12사도와의 싸움에서 죽을 뻔했으나 오히려 그 경험이 에단에게 좋게 작용하고 있었다.

마치 예방 주사처럼 말이다.

"그래서 불가능합니까? 그럼 어쩔 수 없죠. 그냥 떠날 수밖에요. 고대 정령의 흔적이야 다시 찾으면 되니까요. 차는 잘 마셨습니다, 탑주님."

탑주가 앓는 소리를 하자, 에단은 망설임 없이 자리에서 일어섰다.

그러자 당황한 탑주가 다급히 손을 내저었다.

"아, 아니요, 아닙니다. 잠시 기다려 주십시오! 재료가 없는 건 사실입니다! 하지만 구할 순 있습니다!"

탑주의 눈동자가 흔들렸다.

원하는 걸 해 줄 수 없다고 하자 바로 자리에서 일어나는 저 단호한 모습.

탑주는 정말 에단에게 이 프로체슈트를 되살릴 수 있는 능력이 있는 게 아닐까 하는 생각이 들었다.

"그럼 구하고 연락 주십시오."

에단은 그 생각을 눈치채고는 생각할 시간을 주지 않기 위해 곧바로 몸을 돌렸다.

그러자 탑주의 다급한 외침이 들려왔다.

"아니요! 아니요! 지금 당장 구하겠습니다. 당장 구해서 의식을 준비하겠습니다."

문 앞까지 갔던 에단이 슬쩍 발을 멈췄다. 그러곤 아주 살짝 상체만 돌려 탑주를 보았다.

"뤼빈! 뤼빈 없나!"

"예! 탑주님!"

"당장 반짝이는 마노 가루를 준비해라! 창고에 넣어 두었던 요정의 날개를 꺼내서 잘 포장하도록!"

"예!? 반짝이는 마노 가루요?"

"펠릭스 공작령으로 가서 내 이름을 대라! 대마법사 한센 님을 찾아가서 그때 달아 뒀던 빚을 청산할 테니 내어 달라고 말해라!"

펠릭스 공작 가문은 십이성 가문에 속하는 남부 제일의

귀족 가문이었다.

반짝이는 마노 가루 이야기를 하자 에단이 슬쩍 속으로 웃었다. 저 마노 가루가 고대 정령 계약 의식에 가장 중요한 재료였다.

'저 가루를 가공하면 나오는 게 바로 최고 등급의 마도 재료인 현자의 돌이니까.'

다급하게 말을 뱉어 낸 탑주가 급하게 심호흡을 하며 다시 에단을 보았다.

"의식에 필요한 재료는 이걸로 됐습니다."

"제가 너무 성급했나 보군요. 죄송합니다."

에단이 자연스럽게 뒤돌아 다시 의자에 앉았다.

"프로체슈트를 되살리기 위해선 전폭적인 지원이 필요합니다, 탑주님."

"해 드리겠습니다. 하지만 이 마탑은 제 소유물이 아닙니다. 모든 마법사들이 모여 마탑을 이루고 있지요. 저는 그저 선장 역할을 할 뿐입니다."

"그들을 설득해야 한다는 거군요."

"예, 제가 설득할 테니 시간을 주십시오."

"아니요, 제가 직접 가겠습니다. 안내해 주시죠."

\* \* \*

"예? 그게 무슨…… 탑주님. 아무리 그래도 그렇지, 이런 자들이 그동안 도대체 몇 명이나 왔었습니까!"

부탑주가 버럭 화를 냈다.

이 프로체슈트 정령사의 탑의 부탑주 초르텍.

오랜 시간 탑주와 함께해 왔던 그는 이 정령사의 탑의 흥망성쇠를 모두 봤던 사람이었다.

프로체슈트 영지가 이렇게 되고 난 이후에도 그는 이곳을 떠나지 않고 어떻게든 되살리려고 노력했었다.

그러나 그 노력은 항상 실패했다.

이 죽은 땅에서 어떻게든 뭔가를 뜯어먹겠다는 쓰레기 같은 사람들이 많았기 때문이었다.

그랬기 때문에 부탑주는 더 예민할 수밖에 없었다.

"말조심하게, 부탑주! 이분이 우리 로안나의 선생님이시다! 그리고 프로체슈트를 다시 되살려 주실 분이라고!"

"네……?"

모르고 있었는지 부탑주가 순간 당황했다.

"로안나의 선생님이시라고요……? 설마, 그렇다면 그 로안나가 매일 같이 말하던…….."

"에단 휘커스입니다."

에단이 손을 내밀었다.

얼떨결에 부탑주는 그런 에단의 손을 잡았다. 분명 방금 자신은 이 에단을 사기꾼 취급했다.

기분이 상당히 나쁠 법도 한데, 에단은 아주 인자한 표정을 짓고 있었다.

초르텍이 에단의 눈을 보았다. 에단의 그 아련한 눈을 보고 있자니 도무지 눈을 뗄 수가 없었다.

"부탑주님이 신뢰하시지 못하는 것도 당연합니다. 지금껏 얼마나 많은 사기꾼들이 있었을까요. 죽은 땅을 되살려 주겠다며 다가와서는 단물만 쏙 빼먹고 도망치는, 그런 놈들이 얼마나 많았습니까."

에단이 나머지 한 손으로 부탑주의 손등을 꽉 잡았다.

"걱정 마십시오. 저는 그런 놈들과는 다릅니다."

명문 이베카 아카데미의 교사.

그리고 로안나가 그렇게 입이 닳도록 칭찬하던 게 눈앞의 에단이라는 걸 알고 나니 부탑주의 굳어 있던 표정도 조금씩 풀리기 시작했다.

**-명성이 작용합니다.**

"대단한 명성을 가진 분이시니 함부로 실언을 하시진 않을 거라고 생각합니다. 제가 너무 무례한 말을 했습니다. 용서해 주십시오."

부탑주가 꾸벅 고개를 숙였다.

지금까지 쌓아 온 명성이 에단의 배경과 함께 작용하자 부탑주의 의심이 싹 날아갔다.

'이 맛이지.'

만약 에단에게 높은 명성과 확실한 배경이 없었다면 말

을 꺼내고 허락받는 데만 꽤 긴 시간이 걸렸을 것이다.

"그런데…… 혹시 무슨 이유로 저희를 도우러 오신 건지 알 수 있을까요? 혹시 로안나 때문에……?"

"아닙니다. 물론 로안나는 훌륭한 학생입니다. 오늘 보니 방학인데도 꽤 열심히 수련을 하고 있던 것 같군요. 하얀 장갑에 더러워질 정도로 말입니다."

순간 탑주의 눈썹이 꿈틀거렸다.

그런 사소한 것까지 보고 있었단 말인가.

"역시…… 참선생이십니다."

"저는 이 프로체슈트에 대대로 내려오는 의식이 필요해서 왔습니다. 고대 정령과 계약을 맺기 위해서요."

"고대 정령이요? 그건 전설 속에나 나오는 거 아닙니까? 설마 그 전설 속 이야기를 위해서 여기까지 오신 겁니까?"

부탑주는 어리둥절한 표정을 지었다.

분명 어마어마한 걸 제안할 거라고 생각했다.

그만큼 이 땅을 되살리는 건 쉬운 일이 아니었다. 그런데 고대 정령이라니.

순간 부탑주의 표정이 굳었다.

"전설 속의 이야기를…… 실현시켜 달라는 거군요. 이 땅을 되살려 주시는 대신."

조금 달리 생각해 보니 알 수 있었다.

에단이 제안은 어마어마했다.

불가능한 걸 가능케 해 달라는 거 아닌가.

"그건 불가능……."

"탑주님께서 이 땅을 되살리는 것도 불가능하다고 하셨지요."

에단이 미소를 지으며 말했다.

"가능하게 만들겠습니다. 그러니 고대 의식이 확실하게 진행될 수 있도록 도와주십시오."

"그러겠습니다. 반드시 해내겠습니다. 그러니 저희 프로체슈트를 살려 주십시오."

그 말에 에단이 고개를 끄덕였다.

"해 보겠습니다."

불가능한 일.

하지만 뭐든 해 보지 않고는 모르는 법이다.

**-퀘스트를 받았습니다!**
**-극상 난이도 등급의 퀘스트입니다. 주의하십시오!**

\* \* \*

"전대 탑주부터 시작된 일입니다. 전대 탑주는 정령왕과 계약을 맺었을 정도로 훌륭한 정령사이자 마법사였습니다."

탑주가 프로체슈트가 죽어 버린 땅이 된 이유에 대해서

설명했다.

정령왕과 계약할 정도로 뛰어난 실력을 가진 전대 탑주는 프로체슈트의 전성기를 만들어 낸 사람이었다.

"하지만 욕심이 과했죠. 전대 탑주, 그러니까 제 조부는 다른 정령왕들과도 계약을 맺으려 들었습니다."

하지만 그 과정에서 문제가 생겼다.

"무리해서 정령계의 문을 열고 정령왕과 계약을 하려고 했습니다만, 하필 마계에서 그 냄새를 맡은 겁니다. 마족이 그 의식을 방해했고, 정령계를 열어야 할 힘이 마계의 문을 열게 되었습니다."

열려 버린 마계의 문에서 수많은 악마들과 마족들이 쏟아져 나왔다.

"그야말로 지옥도였죠."

탑주가 고개를 절레절레 내저었다.

"아마 궁금하시겠죠. 그런 일이 생겼는데 어째서 프로체슈트 영지가 멀쩡해 보이는지."

탑주가 설명했다.

그 모든 사태를 감당한 건 정령왕이었다고.

"본래 정령왕은 인간과 계약을 잘 맺지 않습니다. 하지만 제 조부는 정령 친화력이 무척이나 뛰어났죠. 때문에 정령왕은 예외를 둔 겁니다. 다른 상위 정령들의 반대를 무릅쓰고 조부와 계약을 맺었죠."

그리고 그 결과가 바로 지금의 프로체슈트였다.

"정령왕은 크게 다쳤습니다. 그리고 다시는 인간과 계약을 맺지 않겠다고 선언하고 이 땅의 모든 정령력을 흡수해서 사라졌죠."

정령력과 생명력이 사라진 프로체슈트는 그야말로 죽은 땅이 되고 말았다. 정말 거짓말처럼 모든 정령이 이곳을 찾지 않게 돼 버렸다.

이것이 프로체슈트가 몰락한 이유였다.

상황을 이렇게 만든 전대 탑주는 결국 시름시름 앓다 사망했고, 본래라면 다음 탑주가 됐어야 할 그의 아들 또한 금세 사망해 버렸다.

그렇게 전 탑주의 손자인 그가 현재의 탑주가 된 상태였다.

처음에야 어떻게든 프로체슈트를 되살리려고 했었다.

하지만 여러 사기꾼들에 의해 절망을 맛본 그는 끝내 포기하고 말았다.

그러던 도중에 미친 재능을 가진 로안나가 태어났다.

그때부터 그는 한때 포기했었던 프로체슈트 부흥을 다시 마음 한편에 떠올려 두기 시작했다.

"저는 제 딸에게 자랑스런 아버지가 되고 싶습니다. 아마 마탑의 모든 마법사들이 그렇게 생각할 겁니다. 축복처럼 내려온 로안나가 저희에게 발목을 잡히지 않았으면 합니다."

로안나는 아버지인 프로체슈트 탑주는 물론이고 마탑

의 여러 마법사들과 정령사들의 교육을 받으며 성장했다.

그랬기에 마탑의 모두가 로안나의 스승이었고, 그들은 로안나를 무척이나 소중히 여기고 있었다.

그랬기에 이곳이 그녀의 장애물이 되지 않기를 바랐다.

그녀에게 힘이 필요할 때 모든 걸 지원해 줄 수 있는 곳이 되기를 바랐다.

**-퀘스트에 대한 정보를 얻었습니다.**
**-정보를 토대로 퀘스트를 클리어하십시오.**

'이 부흥 퀘스트의 목표는 땅을 되살리는 거지. 그러려면 모든 걸 흡수하고 떠난 정령왕을 찾아야 한다.'

하지만 그 정령왕은 인간에 대한 모든 신뢰를 잃고 인간은 찾을 수가 없는 곳에 있었다.

'온갖 방법을 동원해서 정령왕을 찾은 이후엔 그 정령왕을 치료해야 하지.'

퀘스트의 클리어 조건 자체는 간단해 보였지만, 그 전의 선결 과제를 해결하는 게 무척이나 어려웠다.

괜히 극상 난이도가 아닌 것이다.

'하지만 방법은 이미 알고 있어.'

에단이 기존에 알고 있던 방법이 아닌 다른 방법으로 이 극악의 난이도를 가진 퀘스트를 클리어할 수 있다.

'기존의 방법은 너무 어렵거든.'

클리어 방법을 알아도 퀘스트 클리어까지 진행하기가 상당히 힘들었다.

하지만 지금 에단이 구상한 방법은 기존과 비교하면 훨씬 쉽다.

'하나는 신세계고.'

그리고 나머지 하나가 지금 에단의 시선이 닿는 곳에 있었다.

"잘 지내고 있었구나, 로안나."

바로 로안나였다.

에단의 방문에 로안나가 활짝 웃으며 그를 반겨 주었다.

"네, 선생님! 열심히 하고 있었어요. 다음 학기엔 선생님 수업의 조교로 들어가야 하잖아요. 이미 제가 선생님께 한번 실수한 경험이 있으니, 열심히 해야 제 이미지를 바꿀 수 있지 않을까 해서요!"

로안나는 다음 학기를 위해 하루도 빠짐없이 연습을 하고 있었다.

이론 공부에 이어 실전 공부도 놓지 않았고 약초학, 정령학 등 여러 분야에 손을 대며 쑥쑥 성장하고 있었다.

그리고 이 모든 것이 에단의 수업에서 확실하게 조교를 하기 위함이었다.

로안나가 본 에단은 엄청난 사람이었다.

한 학기 만에 신입 교사들뿐만 아니라 기존 교사들 중 가장 뛰어나다는 클라우디 하이드까지 꺾었다.

그뿐만 아니라 검술과에 이어 마법과의 선생까지 꺾었으니, 2학기의 에단은 더욱더 빛날 게 분명했다.

그런 에단의 조교로 활동하는 데 뒷말이 나오지 않게 하려면 확실한 실력이 있어야 했다.

무엇보다 로안나는 에단의 브륄레를 잊지 않고 있었다.

에단이 가르쳐 준 브륄레는 정말 엄청났다.

아직도 그녀는 브륄레를 연구하고 있었고 더 깊게 파고들 때마다 에단이 개량한 브륄레가 얼마나 대단한지 깨닫고 있었다.

그런 브륄레를 그냥 알려 줬다는 건 에단에게 훨씬 더 강력한 뭔가가 있다는 소리였다.

더 어렵고 더 배우기 힘든 그런 것들은 로안나를 항상 가슴 뛰게 만들었다.

처음 마법을 배운 이래로 로안나에게는 어려운 게 없었다.

마탑의 마법사들과 아버지인 프로체슈트 탑주에게서 배운 마법들은 처음엔 로안나의 흥미를 끌었으나 시간이 가면 갈수록 쉬워졌다.

그녀의 재능은 날로 커지고 높아지기 시작했지만 마탑의 마법사들이 가르쳐 줄 수 있는 건 한계가 있었다.

그 때문에 그녀는 만족하지 못하고 있었다.

때문에 아카데미에 들어갔을 땐 꽤 기대를 했다.

그녀가 기대한 대로 아카데미의 선생님들은 꽤 흥미로

운 수업을 했다.

하지만 그것도 잠시뿐.

1년도 채 되지 않아 로안나는 선생님들의 수업에 흥미를 잃게 되었다.

이미 다 아는 것들이었으니까.

전혀 흥미롭지 않은 것들뿐이다.

그러나 에단의 브륄레는 달랐다. 만족하지 못했던 그녀의 욕구를 충족시켜 주었다.

'초롱초롱하군.'

에단은 그런 로안나의 눈빛을 읽었다.

상당히 기대하고 있는 눈빛.

'로안나는 상당히 지식욕이 많아. 가진 재능이 엄청나니까, 뭘 배워도 금방 배워 버리거든.'

지식을 향한 갈증이라고 해야 할까.

뭔가를 계속 배우고 싶은 욕망이 있지만 뭐든 너무 쉽게 배워 버리니 만족하지 못하는 것이다.

'브륄레를 맛보고 꽤나 만족했을 거야. 당연하지. 그건 원래 로안나가 연구하고 만들어 낸 거니까. 만족스러울 수밖에 없어.'

그러니 지금쯤 또 다른 새로운 걸 기대하고 있을 것이다.

그리고 에단은 그걸 충족시켜 줄 수 있다.

'원래 이 프로체슈트를 되살리는 퀘스트 때 로안나를

써먹긴 힘들어. 아무런 관계가 없는 상황이고, 로안나도 그리 협조적인 성격이 아니니까.'

그러나 에단은 아카데미부터 로안나와 관계를 쌓아 왔다.

로안나는 자신의 말이라면 웬만한 건 다 믿고 따라 줄 터.

"로안나, 나는 이 프로체슈트를 다시 원래대로 되돌리기 위해서 왔다."

"네?"

"그리고 거기엔 네 도움이 필요하다."

에단의 말에 곤혹스런 표정을 지은 로안나가 이내 입을 열었다.

"으음, 사실 저도 노력을 안 해 본 건 아닌데요."

로안나 또한 이 프로체슈트를 어떻게 하면 되살릴 수 있을까 많은 고민을 했었다.

실제로 여러 가지 마법을 시험해 보며 정령들을 다시 끌어모으려고 했다. 하지만 전부 다 실패했다.

"방법이 있으신 건가요? 그렇다면 제가 도울 수 있는 만큼 도울게요! 저는 에단 선생님 수업의 예비 조교니까요!"

로안나가 의욕적인 태도를 보였다.

'됐다.'

로안나의 도움을 받을 수 있다면 이 퀘스트는 그리 어렵지 않게 시작할 수 있다.

* * *

"여기다."

"……네?"

에단이 로안나를 이끌고 온 건 프로체슈트 영지 앞쪽의 숲이었다.

이곳은 과거 프로체슈트 정령사의 탑이 있던 곳으로, 정령들이 떠난 지금은 아무도 살지 않고 있다.

때문에 사람의 손길이 닿지 않아 숲이 우거진 상태였지만 생명력이 없는 터라 생기 없는 회색 숲에 가까웠다.

"여기는 왜 오신 건가요?"

"여기에 정령왕이 있으니까."

정령왕은 어디 멀리 도망간 게 아니다.

'계속해서 여기에 있었지.'

물론 인간계에 있는 게 아니다. 다른 차원에 가서 요양을 하고 있다.

'처음엔 나도 분명 멀리 떠났을 거라고 생각해서 동서남북 땅끝까지 가거나 했었는데.'

정말 크나큰 헛수고였었다.

에단의 말에 로안나가 어리둥절한 표정을 지었다.

"정령왕께서 여기에 계신다니. 아버지께선 이미 먼 곳으로 떠나셨다고 하셨는데……."

"하지만 분명 여기에 있다. 어디 멀리 떠난 게 아냐."
"선생님은 그런 사실을 어떻게 알게 되신 건가요?"
로안나가 눈을 빛냈다.
추궁하는 말투가 아니라 존경스럽다는 말투와 눈빛이었다.
에단은 그런 로안나를 보며 짤막하게 말했다.
"수업의 참고 자료를 찾다 보니 알게 됐다. 오늘도 사실 참고 자료를 찾기 위해서 온 거다. 정령학 수업을 위해서 말이야."
"역시 선생님은 대단하세요! 이렇게나 학생들의 교육에 진심이시라니."
로안나가 감탄하며 반짝이는 눈빛을 보냈다.
"심화 학습이다, 로안나."
에단이 씩 웃으며 로안나를 보았다.
에단이 동굴 입구 앞으로 다가갔다. 그러고는 동굴 입구 앞에서 멈추곤 그대로 검을 꺼내 들었다.
툭툭-.
발로 땅의 이곳저곳을 확인하더니 그대로 검을 꽂아 넣었다.
샤아아아악-!
서리검이 발하는 냉기가 주변으로 쫙 퍼졌다.
쿠궁-.
쿠구구구구국-!

그와 동시에 동굴 입구가 무너지기 시작하더니 새로운 문 하나가 만들어졌다.

"도대체 이건…… 뭔가요!?"

놀란 로안나가 에단에게 물었다.

그러면서도 문에 펼쳐진 마법에서 눈을 떼지 못했다.

이 문 안쪽에 정령왕이 숨어 있는 곳이 있다.

'문제는 거기에 도달하기 위해서는 수많은 함정을 돌파해야 한다는 거지.'

그리고 또 다른 문제는 그 함정들이 그냥 함정이 아니라 마법적인 힘이 담긴 함정이라는 것이다.

자칫 잘못하면 그대로 추방당할 수도 있었다.

그렇게 추방을 당하면 다시는 이곳에 들어올 수 없다.

'그럼 사실상 퀘스트는 끝이야. 아예 메판을 다시 시작하지 않는 이상 절대 다시 시작할 수가 없어.'

"이래서 심화 학습이라고 하신 거군요."

"꽤 어려울 거야. 하지만 걱정 말도록. 심화 학습이라는 건 네 공부를 내가 돕는다는 뜻이니까."

그리고 어려우면 어려울수록 로안나는 그 재능을 마음껏 뽐낼 수가 있다.

'입구의 마법이 가장 쉬워. 들어가면 들어갈수록 점점 더 어려워지지.'

물론 가장 쉽다는 저 문에 펼쳐진 마법도 객관적인 수준으로 따지자면 5서클 이상은 되어야 풀 수 있었다.

'나는 지금 마나가 너무 바닥이라 마법진 해체가 불가능 해.'

그러니 해체 역할을 로안나가 맡는다. 그리고 진행은 에단이 주도적으로 잡을 생각이었다.

에단이 손짓하자 로안나가 문 앞에 섰다.

그녀의 눈이 빙글빙글 돌았다.

빠르게 마법을 해석하고 있었다. 하지만 에단은 그녀에게 해석을 맡길 생각이 없었다.

"로안나."

집중하던 로안나가 의아한 눈으로 에단을 보았다.

"집중을 깨서 미안하지만 해석을 할 필요는 없다."

"네?"

분명 심화 학습이라고 했다.

거기다 정령왕이 있는 곳까지 가려면 수많은 마법들을 헤치고 가야한다고도 했다.

그렇다면 해체와 해석을 자신에게 맡긴다는 소리일 텐데.

"해석은 내가 한다."

"해석을…… 선생님이 하신다고요?"

"그래, 해체를 부탁하마."

"하, 하지만."

로안나가 말했다.

"선생님은 검술과 선생님이시잖아요."

물론 에단에게 대단한 마법적 소양이 있다는 건 로안나가 제일 잘 안다. 마법적 능력이 없었으면 어떻게 브륄레 같은 대단한 마법을 생각해 낼 수 있었을까.
　하지만 해석과 해체는 다른 문제였다.
　이 문에 걸려 있는 마법은 총 여섯 개. 심지어 서로 뒤엉켜 있어 자칫 잘못하면 그대로 폭발이 일어날 수도 있었다.
　"저한테 맡겨 주세요. 시간은 좀 걸리겠지만 적어도 열흘 내론 풀 수 있을 거예요."
　하지만 그녀는 자신이 있었다. 난이도가 어렵지만 그게 더욱 그녀를 불타오르게 했다.
　에단은 의욕적인 그녀에게 인자한 미소를 보냈다.
　그리고는 곧장 마법이 걸린 문을 자세히 관찰하더니 품에서 양피지 하나를 꺼냈다.
　슥슥슥-.
　사각거리는 소리와 함께 에단이 거침없이 글을 적어 나가기 시작했다.
　단 한 번도 멈추지 않고 양피지를 꽉 채운 에단이 또 양피지 하나를 더 꺼냈다. 이번에도 마찬가지로 에단은 멈추지 않았다.
　그렇게 세 장의 양피지를 다 적어 낸 에단이 그대로 로안나에게 건넸다.
　"이걸 토대로 해체하면 된다, 로안나."

"……네?"

순간 당황스런 표정을 지은 로안나가 건네받은 양피지를 살폈다.

"세상에."

그리고 경악했다. 경악하다 못해 양피지를 든 두 손이 덜덜 떨리고 있었다.

"이, 이거…… 저 문에 걸린 마법을 해석하신 거잖아요!"

로안나의 목소리 또한 떨리고 있었다. 적어도 열흘. 조금 더 시간이 걸린다면 사흘 더.

분명 그 정도의 시간이 걸릴 만한 마법이었다.

그런데 그 짧은 사이에 마법을 해석해서 해체할 수 있는 해석본을 내어 놓다니. 심지어 저 문에 걸린 마법은 무려 여섯 개 아닌가.

"각각 여섯 개 마법이 그냥 있어도 해석본을 쓰려면 시간이 더 걸리는데…….

로안나가 조금 더 과격한 학생이었다면 여기서 욕을 했을 수도 있었다.

"이걸 어떻게 하신 건가요……?"

에단이 당황한 로안나의 어깨를 툭 쳤다.

"선생님이 되려면 이 정도는 기본이다, 로안나. 이제 네 차례다."

로안나의 눈빛이 흔들렸다. 이제는 눈동자가 완전히 물

음표가 된 것처럼 보였다.

"이게 기본이라니……."

이게 선생님이 될 수 있는 기본 조건이라면 자신도 나중에 꼭 선생님이 되어야겠다고 결심했다.

"내가 곁에서 봐줄 테니, 해석본대로 문에 걸려 있는 마법을 해제하면 돼."

해석본이 있어도 해체하는 건 쉬운 일이 아니다.

마나를 조금의 오차도 없이 적재적소에 활용해야 하니 마나를 다루는 능력이 탁월하지 않으면 사실상 해체가 불가능했다.

"해 볼게요."

로안나가 손을 뻗어 마나를 움직였다.

철컥-!

마치 자물쇠가 풀리는 듯한 소리가 계속해서 났다.

'역시.'

로안나의 실력은 이베카 아카데미의 학생들 중에서도 최상위 수준이었다.

'비교할 학생이 없지. 선생들과 비교해도 로안나 쪽이 재능과 성장 가능성이 더 뛰어나.'

에단이 흐뭇하게 로안나를 보았다.

그런 로안나가 완전히 이쪽으로 왔으니 아카데미 교류제에서 이베카의 이름을 확실하게 각인시킬 수 있게 됐다.

샤아아악-!

쿠구구구국-.

설치되어 있던 모든 마법이 해제됨과 동시에 천천히 문이 열렸다.

"……."

진짜로 마법이 다 해제되고 문이 열리자 로안나가 놀란 눈으로 에단을 보았다. 어찌할 바를 모르는 얼굴.

로안나가 따로 해석할 부분은 하나도 없었다. 그냥 양피지에 적힌 그대로 했을 뿐이다.

"훌륭하구나, 로안나. 넌 내가 본 학생 중에 가장 우수한 학생이다."

훌륭한 건 자신이 아니다.

"가, 같이 가요, 선생님!"

로안나는 항상 다른 사람들이 자신을 보며 했던 말을 떠올렸고 이제야 이해할 수 있었다.

이런 게 압도적인 재능이었다.

\* \* \*

문 안쪽은 신기한 곳이었다.

마치 왕성의 복도처럼 일직선의 공간이었는데, 그 일직선으로 이어진 길에 수많은 마법들이 설치되어 있었다.

"와아……."

방금까지 메마른 숲에 있었거늘 문 너머에 이런 곳이 있었을 줄은 몰랐다.

그야말로 별세계 같은 곳이라 로안나는 감탄하며 이곳저곳을 어린아이처럼 살폈다.

물론 함부로 움직이진 않았다.

"조심해야 한다, 로안나. 말하지 않아도 알고 있겠지?"

이곳엔 침입자를 처리하기 위한 마법들이 잔뜩 설치되어 있다. 조금이라도 섣불리 움직였다간 그 마법들이 곧바로 발동한다.

"네, 알고 있어요. 그런데 도대체 여긴 뭔가요? 여기를 정령왕님이 만드신 건가요? 아무도 오지 못하도록?"

로안나는 사방에 펼쳐져 있는 마법들을 보며 물었다. 하나가 발동하면 그 즉시 수많은 마법들이 연계되어 펼쳐지는 고도의 마법 함정들이었다.

사소한 실수 하나만으로도 목숨을 잃을 수 있을 정도로 위험천만한 공간이었다.

"그런 이유도 있겠지."

"그렇겠죠…… 아무래도 증조부님이 그런 일을 했으니까요. 인간에 질려 버리시는 것도 이해가 가요."

하지만 단순히 인간의 접근을 막기 위한 마법들은 아니었다.

'본래라면 상처가 낫고도 남았어야 해. 무려 정령왕이니까.'

그럼에도 그가 아직 이곳에서 움직이지 못하는 건 이유가 있었다.

'그건 낙인이거든. 마계에서 빠져나온 마계 대공이 남긴 낙인.'

그 당시 빠져나온 마족들 중 가장 강력했던 마족이 바로 마계 대공이었다.

정령왕은 마계 대공을 어떻게든 마계로 다시 추방하려다가 상처를 입었는데, 그 상처는 일종의 낙인 같은 것이었다.

'언젠가 이 일을 복수하겠다고 남겨 놓은 증표지. 그러니 정령왕은 마족들이 자신을 찾아오지 못하게끔 이렇게 과한 대비를 해 놓은 거야.'

그래서 인간, 그리고 마족들이 자신을 찾지 못하도록 고위 마법을 설치해 둔 것이다.

에단은 차분히 호루스의 눈을 활성화시켰다.

정령왕의 거처까지 가는 일은 무척이나 험하다. 하지만 입구의 마법을 해체하는 로안나를 보고 확신을 얻었다.

'역시 잠재력이 대단해.'

현재의 로안나는 에단이 메판에서 봤던 시점의 로안나가 아니다.

그 말인즉슨 당연히 그 시점보다는 실력이 낮다는 건데, 그 낮은 실력으로도 정령왕이 설치한 마법을 해체했다.

'그것도 10분도 채 안 돼서.'

에단이 준 해석본이 있다고 한들 그건 쉬운 일이 아니다. 역시 로안나가 이번 일의 확실한 키였다.

"그런데 정령왕님이 저희 말을 들어 줄까요?"

로안나가 말했다.

"들어 주지 않겠지. 하지만 그렇다고 해서 손 놓고 있을 순 없다. 프로체슈트를 회복시킬 수 있는 건 정령왕뿐이니까."

"……그럼 어떻게 하죠?

"가서 설득해야지."

에단의 말에 로안나는 저 너머 안쪽을 보았다.

거기까지 가는 사이에 설치된 수많은 마법 함정들

이 안쪽에 설치된 마법 함정은 입구 쪽보다 훨씬 더 해체 난이도가 높았다.

"설득하려면 정령왕님이 계신 곳으로 가야 하는데…… 갈 수 있을까요? 선생님, 이건 좀 힘들 거 같아요."

힘들다. 어렵다. 모두 로안나에겐 낯선 단어들이었다.

특히 마법에 한해선 그랬다. 그녀에게 있어 힘든 마법이나 어려운 마법은 없었으니까.

"네 말이 맞다, 로안나. 이건 쉬운 마법들이 아니야."

"그렇죠? 그럼 일단 뒤로 물러났다가…… 마탑의 마법 사분들께 제가 말씀드릴게요. 여기에 이런 곳이 있으니 도와 달라고요. 다 같이 마법을 해석하고 해체하면 금방 안쪽으로 들어갈 수 있을 거예요."

"너답지 않구나, 로안나. 어려운 문제를 앞에 두고 어떻게든 풀 생각이 아니라 포기할 생각부터 하고 있다니."

에단의 말을 듣는 로안나의 미소에 살짝 금이 갔다.

"네가 왜 그런 생각을 가지게 된 건지는 잘 안다."

"……."

아카데미에서의 로안나는 당면한 문제가 어려우면 어려울수록 의욕을 더 불태우는 학생이었다.

본래 성격도 성격이지만 이베카의 학생들 중엔 로안나의 집안 상황을 아는 이가 많으니, 프로체슈트 마탑의 명예를 위해서라도 물러서는 모습을 보일 수 없었으리라.

그렇기에 더 의욕을 불태우며 앞장설 수 있었던 거겠지.

하지만 이곳에선 달랐다.

프로체슈트 마탑의 문제는 너무나 어려웠다.

그녀의 뛰어난 재능으로도 어떻게 해결할 수 있는 게 아니었으니.

그러다 보니 그녀는 이베카 아카데미에 있을 때와는 꽤나 다른 모습이 될 수밖에 없었다.

"내가 곁에서 봐주마. 걱정할 것 없다. 네가 못할 건 아무것도 없어. 실패하면 다시 도전하면 돼. 네가 포기하지 않는 이상 그건 실패가 아니라 과정이니까."

그 말에 로안나의 표정이 흔들렸다.

"자, 실패해 보자, 로안나. 수많은 실패 속에서 성공은 한 번이면 된다. 그 한 번의 성공을 이어 나가면 된다."

"정말 실패해도 되나요?"

"그럼, 당연하지. 누가 학생에게 완벽한 걸 바라겠나. 대신 실패하면 우리 둘 다 죽을 수도 있겠지만, 걱정할 것 없어."

"네? 정말 걱정할 것 없어도 되는 거 맞아요……?"

에단은 대답하지 않고 곧바로 양피지를 꺼내 들었다. 그러고는 해석본을 적으면서 틈틈이 로안나에게 눈앞의 마법들에 대해 설명했다.

"저기 위쪽에 마법 보이지? 저건 반복의 진이다. 누군가 마법을 해체해도 일정 시간이 지나면 다시 그 마법이 되살아나는 효과를 가졌다."

이 반복의 진이야말로 이 공간의 핵심 마법이었다.

때문에 저 마법을 최우선적으로 해체해야 했지만 사실상 그건 불가능한 일.

"그렇다면 그냥 내버려 둔다. 풀기 어려운 문제가 있다면 일단 그건 그냥 내버려 두도록. 신경 쓸 것 없이 과감하게."

로안나가 고개를 끄덕였다. 마탑과 아카데미, 어디서도 배울 수 없는 것들이었다.

"반복의 진은 시간이 지나면 다시 마법을 복구하는 역할이니까. 저게 마법을 복구하기 전에 통과하면 그만이다."

"!"

에단의 말에 로안나가 불안한 눈으로 그를 쳐다보았다.

"저는 해체를 계속할 수 있어요. 마나를 다루는 건 특기니까요. 그런데…… 그러면 선생님께서도 쉬지 않고 마법을 해석하셔야 한다는 건데……."

반복의 진을 그대로 두겠다는 건 마법의 해석과 해체에 시간제한을 두겠다는 소리였다.

저 끝까지 수많은 마법이 펼쳐져 있는데, 그걸 모두 단시간 내로 해석하고 돌파해야 한다니.

"로안나, 하나만 기억하도록. 위험을 감당하지 않으면 성장할 수가 없다."

에단이 그렇게 말하며 양피지 한 장을 그녀에게 건넸다.

"시작하자."

사각-. 사각-.

에단은 입구 때보다 더 빨리 마법을 분석하기 시작했다. 그리고 해석본이 적힌 양피지를 받아 든 로안나는 곧바로 해체 작업에 돌입했다.

로안나는 살짝 인상을 썼다.

'더 빨라지셨어.'

에단의 분석 속도는 입구에서 봤던 것보다 훨씬 더 빨랐다. 마치 마법을 보는 순간 이해하고 파훼해 그 식을 적어 내는 것처럼 보일 지경이었다.

'분명 어려운 부분이 많을 텐데.'

로안나도 자신의 실력에 확신이 있었다.

하지만 저 너머에 설치되어 있는 마법들을 단숨에 이해하기는 어려웠다.

'마법을 파훼하기 위해선 식을 이해해야 해.'

몇 번을 거듭 보고 머릿속으로 몇 차례 계산해 봐야 식 하나를 이해할 수 있는 것이다.

'이미 전부 다 아시는 것처럼…….'

"로안나."

"아, 네!"

다른 생각을 하고 있을 때가 아니었다.

집중해야 했다. 그렇지 않으면 에단의 속도에 맞추지 못한다.

\* \* \*

초록으로 가득 찬 곳이었다.

사방이 숲처럼 나무와 꽃들이 즐비했다. 천장엔 마치 진짜 하늘처럼 구름이 떠다니고 있었다.

그 한가운데에 정령왕이 있었다.

근육질의 몸, 등까지 내려오는 새하얀 머리칼.

꽤나 나이가 들어 보이는 얼굴엔 백발의 수염이 꽤 길게 늘어져 있었다.

땅의 정령왕 트로르.

그는 욱신거리는 옆구리에 손을 가져다 댄 채 눈을 감고 있었다.

"용케 찾아냈군."

샤아악-.

그의 눈앞에는 아티팩트가 설치되어 있었다. 내부로 들어온 이들을 비추는 일종의 영사 아티팩트였다.

거기엔 에단과 로안나의 모습이 보였다.

"설마하니 인간이 나를 찾아낼 거라곤 생각하지 못했는데. 당연히 마족 놈들인가 했더니, 정말 인간이군."

입구의 마법을 해체하고 들어온 걸로 보니 실력은 있어 보였다.

하지만 아마 더 이상 전진하지 못할 것이다.

"목숨 아까운 줄 모르고 앞으로 나아가다 죽겠군."

그는 아직까지 인간에 대한 악감정이 남아 있었다.

"빌어먹을 놈. 수많은 후보들을 거르고 걸러 내가 직접 선택한 그놈이 그런 짓을 벌일 줄은 몰랐다."

욱신욱신.

분노에 차오를 때마다 상처가 욱신거려 왔다. 명색이 정령들의 왕이라 불리는 자신이 이런 곳에 숨어 요양이나 하고 있어야 하다니.

심지어 꽤 오랜 시간 요양을 했음에도 불구하고 상처가 나을 기미가 보이지 않았다.

"정령왕 체면이 말이 아니야."

트로르가 자신의 옆구리를 보았다. 거기엔 낙인이 찍혀 있었다.

이건 패배의 낙인이었다.

인간을 잘못 본 죄.

그 인간이 저지른 모든 죄를 뒤집어쓴 결과였다.

"다른 정령왕들에게 부탁할 수도 없는 노릇이고."

같은 정령왕이라곤 하지만 서로 교류도 없고 만나 본 적도 없다. 땅의 정령왕인 그가 만날 수 있는 건 같은 땅의 정령들뿐이었다.

하지만 그 정령들도 만날 수가 없었다. 자신에겐 낙인이 찍혀 있었으니까.

"후."

트로르는 그대로 뒤로 누웠다.

눈을 감고 몸의 기운을 순환시키는 데 집중했다.

우선은 회복이었다.

잘 낫지 않는 상처라곤 하지만 평생 낫지 않는 건 아닐 터. 낙인을 지우고 상처를 치료한 뒤엔 완전히 정령계로 넘어가 다시는 돌아오지 않을 생각이었다.

띵-!

그때 영사 아티팩트에서 소리가 들렸다.

"뭐지?"

죽었을 거라 생각했던 그 두 사람이 움직이고 있었다.

"마법이 발동했을 텐데?"

트로르가 손짓하자 영사 아티팩트가 곧장 그의 앞으로 날아왔다.

"뭐야, 지금 뭘 하고 있는 거지?"

인간 두 명이 전진하고 있었다. 당연히 목적지는 자신이 있는 이 장소일 터.

"……마법을 풀고 있는 건가?"

트로르가 눈을 가늘게 뜨고 자세히 살폈다.

샤아악-.

두 인간이 또 한 걸음 앞으로 나아갔다.

"풀고 있다."

심지어 그 속도가 굉장히 빨랐다.

"반복의 진을 건드리지 않고 저런 식으로 전진한다고? 말도 안 돼. 인간들이 저게 가능하다고?"

분명 저건 마족이다.

트로르는 영사 아티팩트에 손을 가져다 댔다. 그 둘을 더욱 자세히 관찰하기 위함이었다.

"인간이잖아. 그것도 젊은 인간 둘! 인간이 저 나이에 저런 실력을 가질 수가 있나?"

심지어 한 명은 인간 기준으로 성인이 된 자도 아니었다.

정령왕은 도대체 그들이 어떻게 마법을 파훼하고 전진하는지 살폈다.

"……."

 핵심은 저 인간 남자였다. 저 인간 남자가 마법을 빠르게 분석하고 있었다. 그리고 그 분석을 토대로 인간 여자가 파훼를 했다.

 트로르는 인간 남자를 보았다.

 암만 봐도 이제 막 성인을 넘긴 것 같은 외모였는데, 뭔가 이상했다.

 "제 상태가 아니군."

 일반적인 인간이 가져야 할 무언가가 없었다.

 "마나도 없다. 그런데 어떻게? 저 마법들은 쉽게 풀 수 있을 만한 게 아닌데?"

 정령왕이 놀라는 와중에도 두 인간은 빠르게 앞으로 전진했다. 벌써 진입로의 중간이었다.

 "놀라운 실력이다. 하지만…… 거기가 끝일 거다."

 정령왕은 저 진입로의 중간에 앞서 설치해 둔 마법보다 훨씬 더 강력하고 복잡한 마법을 설치해 두었다.

 "중간과 끝에는 앞서 설치한 마법들보다 훨씬 더 복잡한 마법이 있으니까."

 저 마법은 정령 마법 중에서도 대마법에 속하는 것이었다.

 정령왕이 예상했던 것처럼 그들은 중앙에서 멈춰 섰다.

 "그리고 멈춰 서면 반복의 진이 활성화된다."

그들이 서 있는 그 자리에도 즉시 마법이 복구될 것이다.

"마법이 복구됨과 동시에 활성화될 테니까."

그걸로 끝이다. 여기서 살아 나가고 싶다면 빠르게 뒤돌아 도망치는 수밖에 없었다.

"그래…… 도망쳐야…… 응? 전진? 전진한다고?"

정령왕이 영사 아티팩트에 얼굴을 들이밀었다.

"이게 뭐지?"

살짝 전진한 인간 남자가 잠깐 서서 관찰하더니, 이내 양피지에 뭔가를 거침없이 적기 시작했다.

트로르는 인간 남자의 양피지를 확대했다.

샤아악-.

"풀고 있다, 풀고 있어. 이 대마법을…… 보고 그 자리에서 풀고 있다!"

지금까지 그가 가지고 있던 모든 상식을 뒤엎는 일이었다.

"어떻게 풀고 있는 거냐! 이 인간은!"

## 2장

## 2장

"……."

에단과 로안나의 작업은 합이 잘 맞았다. 로안나의 해체 속도는 에단이 예상한 속도를 훨씬 상회하고 있었다.

'점점 성장하고 있어.'

그녀는 마법 하나하나를 해체하면서 에단이 놀랄 정도로 급성장했다. 에단이 준 해석본을 이해하고 그걸 활용하는 센스가 엄청났다.

'이러니까 아카데미에선 그 누구도 건드릴 수가 없던 거겠지.'

이베카 같은 명문 아카데미는 호랑이굴이다.

에단이 첫 수업에 들어가자마자 귀족 학생들에게 당했던 것처럼, 학생들끼리도 상하 관계가 뚜렷하다.

'프로체슈트를 모르는 학생들은 없을 테니까.'

어떻게든 학생 간의 계급을 만들기 위해 정보를 수집한다.

그렇게 수집한 정보로 위아래를 결정하는 것이다.

남부에 유일한 정령사의 탑으로 유명했던 프로체슈트 령. 하지만 그 정령사의 탑 때문에 망해 버린 영지의 외동딸.

'잡아먹기 딱 좋지.'

하지만 로안나가 누구인가.

예리카 못지않다고 할 정도의 재능을 가진 마법사가 바로 로안나였다.

'둘의 분야가 약간 다르지. 누군가는 로안나의 재능을 예리카보다 훨씬 더 높이 평가할 수도 있고.'

하나 확실한 건 둘 다 대체적으로 성장의 한계가 없다는 점이었다.

이런 실력을 가지고 있으니 아카데미에서 누가 로안나를 무시할 수 있겠는가. 영지가 망했다고 하지만 본인의 실력이 이러한데.

'물론 그래도 무시할 놈은 무시하려 했겠지. 하지만 마법과 황금 세대의 주축이라 평가를 받는 상대를 손대진 못했을 거야.'

로안나의 이런 재능을 알아보고 끌어올린 듀티 선생의 공이 크다고 볼 수 있었다.

그렇게 급속도로 실력이 늘어난 로안나였으나 눈앞의 마법에 경악할 수밖에 없었다.

"세상에."

로안나는 자신도 모르게 입을 벌렸다.

마법진의 해체는 속도감이 중요했으나 눈앞의 마법엔 차마 멈춰 설 수밖에 없었다.

"이런 마법이 도대체 어떻게 설치되어 있는 건가요? 어디서부터 시작되는지조차 모르겠어요."

'올 게 왔군.'

정확히 중간.

이곳이 바로 두 번째 관문이라고 볼 수 있었다.

'첫 번째 관문은 출입구. 두 번째 관문은 이 길목의 중간, 바로 이곳이지.'

이곳을 지나면 정령왕이 있는 곳과 직통으로 연결되는 마지막 세 번째 관문이 남아 있다.

"후우."

에단은 침착하게 심호흡했다.

이미 알고 있는 마법이다. 하지만 이 마법은 마치 살아 움직이는 것처럼 마법진이 스스로 변화하는 마법이었다.

샤아악-.

철컥-!

기계 소리와 함께 마법진이 변형되었다.

그리고 10초 뒤에 다시 한번 변형.

물론 자세히 보면 일종의 패턴이 있었지만, 얼핏 보면 무작위적인 변화를 보였다.
　그렇기에 정령왕이 두 번째 관문으로 설치해 놓은 것이다.
　"계속 변화하고 있어…… 이러면 도대체 어떻게 풀어야 하나요……?"
　로안나는 난생 처음 보는 형태의 마법에 이를 꽉 깨물었다.
　에단과 함께한 이후론 마치 자신이 초보가 된 것만 같은 기분이 자주 들었다.
　그 순간 두 사람의 귀에 째깍거리는 소리가 들렸다.
　반복의 진이 작동하기 시작했다는 소리였다.
　여기서 시간을 지체하면 앞서 해체했던 모든 마법이 복구된다.
　"선생님?"
　이럴 땐 빠른 결정이 필요했다. 기회는 다음에도 또 있으니까.
　하지만 에단은 저 끊임없이 변화하는 마법진을 파훼할 준비를 하고 있었다.
　"로안나, 술식 파훼 준비."
　그 말에 로안나가 이를 악물었다. 선생님이 풀 수 있다고 판단했으면 자신은 해체 역할을 확실히 맡아야 한다.
　"네!"

두 번째 관문의 마법은 계속해서 그 구조가 변한다. 하지만 그 구조가 변하는 아주 짧은 순간, 0.5초도 되지 않는 짧은 틈에 마법을 구성하는 중심이 드러난다.

그 중심을 파훼해야 했다.

"마력의 흐름에 집중하도록. 계속해서 변화하는 마법엔 중심이 존재한다. 그 중심을 잡는 거야. 아주 짧은 시간이지만 마법의 변화를 총괄하는 중심이 잠시 동안 드러난다. 눈으로 보지 말고 흐름을 느껴야 해."

에단의 말에 로안나가 그대로 눈을 감았다.

그리고 모든 감각을 앞에 존재하는 마법에 기울였다.

"흘려라."

말이 나옴과 동시에 로안나가 마법진에 마력을 흘려 넣었다.

"흐름 조절, 마법진 분쇄."

콰악-!

변화하던 마법에 순간 흔들림이 생겼다. 로안나는 완전히 감을 잡은 상태였다. 이젠 에단이 말할 필요가 없었다.

로안나의 마력이 이미 마법진에 스며들었으니.

그 흐름과 미세한 조절은 오롯이 로안나의 몫이다.

철컥-!

한순간.

마법진의 중심이 드러났고, 로안나는 그 타이밍을 놓치

지 않았다.

마나의 흐름이 그대로 마법진의 중심을 강타했다.

해체.

중심이 해체되자 마법진의 변화가 멈추었다.

그리고.

콰가각-.

퍼엉-!

굉음과 함께 그대로 마법진이 무너져 내렸다. 그와 동시에 마법에 막혀 있던 길이 뚫렸다.

"후우…… 후우……."

짧은 사이에 엄청난 집중력을 보인 로안나는 얼굴에 땀이 흥건했다.

에단이 그런 로안나를 칭찬했다.

"잘했다."

에단의 칭찬에 로안나는 멍하니 자신의 손을 바라보았다.

발끝부터 정수리까지 전기가 통한 것처럼 찌릿하고 무언가가 퍼졌다.

"되는 거였네요, 선생님."

로안나가 에단을 보며 환하게 웃었다.

"다시는 선생님 말씀을 의심하지 않을 거예요."

**-생존 확률이 소폭 상승합니다!**

\* \* \*

"……."

트로르는 팔짱을 끼고 두 인간의 모습을 계속해서 지켜보았다.

"그걸 이렇게 단시간에 파훼해 버리다니."

저 마법은 그리 쉽게 풀 수 있는 게 아니다.

아무렴 자신이 앉은 자리에서 풀 수 있을 만한 마법 따위를 설치해 놨을 리가 있을까.

"내 목숨이 달린 일이다. 저렇게 쉽게 파훼할 수 있는 게 아닌데. 도대체 저 짧은 시간에 어떻게……."

트로르는 지금 다친 상태였다. 이 상태에서 공격이라도 당하면 그대로 죽을 수밖에 없다.

"도대체 저 두 인간은 뭐지? 날 왜 찾는 거지?"

이쯤 되니 궁금해졌다. 저 상식을 벗어난 두 인간이 어째서 자신을 찾으려 하는 건지.

자신이 설치해 둔 최고의 마법들을 해체하고 망설임 없이 전진하고 있는 저 두 인간의 목적이 궁금했다.

"나를 확실하게…… 죽일 생각인 건가."

만약 그런 이유라면 가만히 앉아 죽어 주진 않으리라.

"복수인가."

어쩌면 자신이 버리고 온 유일한 계약자의 복수를 하러

온 걸 수도 있었다.

그도 아니면 마족의 힘을 부여받은 인간일 수도 있다.

"하지만 마족의 기운은 느껴지지 않아."

여러 추측들이 트로르의 머릿속에 떠올랐으나 도저히 짐작이 가지 않았다.

찌르르르-!

영사 아티팩트가 다시 한번 울렸다.

벌써 마지막 관문이었다. 트로르가 미처 대처를 하기도 전에 마지막 관문까지 두 인간의 손에 해체되었다.

이제 영사 아티팩트에 보이는 건 아무 것도 없었다.

그와 동시에 영사 아티팩트가 그대로 꺼졌다.

쿠구구궁-!

굉음이 일었다. 트로르가 소리가 난 방향으로 고개를 돌렸다.

아무것도 없던 허공에 직사각형 모양으로 검정색 선이 그려지더니 점차 문과 같은 형태로 변했다.

이윽고 만들어진 문이 천천히 열리기 시작했다.

무척이나 젊은 두 인간이었다.

호리호리해 보이는 젊은 인간 남자가 천천히 앞으로 나왔다. 인간 여자는 그런 인간 남자 뒤에 슬며시 섰다.

"정령왕님, 반갑습니다."

에단이 정령왕에게 살짝 고개를 숙여 인사했다.

"……하나만 묻지, 인간들. 날 죽이러 온 건가?"

"죽이러 온 거라면 이미 돌진해서 엘리멘탈 슬레이어 속성이 부여된 검을 휘둘렀을 겁니다."

정령에게 큰 대미지를 입힐 수 있는 속성 부여가 바로 엘리멘탈 슬레이어였다.

웃는 낯으로 무시무시한 말을 하자 정령왕은 아직도 이 사태가 제대로 파악되지 않는 듯 가늘게 눈을 떴다.

에단의 뒤에 서 있던 로안나는 눈을 크게 뜨고 트로르를 이리저리 살피고 있었다.

한쪽은 신기함과 호기심을 숨기지 못하고, 다른 한쪽은 어떤 생각인지 알 수조차 없었으니.

"그럼 도대체 뭐지? 날 왜 찾은 건가? 아니, 어떻게 찾았고…… 어떻게 여기까지 왔나."

트로르가 쉬지 않고 말했다.

"너희 둘은 누구지?"

에단은 대답하지 않고 한 걸음씩 정령왕에게 다가갔다. 정령왕이 에단을 경계했으나 에단은 아랑곳하지 않았다.

어차피 정령왕이 자신을 공격하지 않으리라는 것을 이미 안다는 듯한 태도였다.

"천천히 이야기하시죠. 문도 다시 닫아 두고 말입니다."

\* \* \*

"네가 그……."

트로르가 놀란 표정으로 로안나를 보았다.

"네, 정령왕님의 전 계약자셨던 슬론 프로체슈트 님이 제 증조부님이 되십니다."

"허, 재능 하나는 대단한 놈이었지. 안타깝게도 그 아들에게는 재능이 전해지지 않아 안타까워했던 게 엊그제 같은데 말이야. 로안나라고 했나? 너에게는 슬론의 재능이 그대로 전해졌구나."

긴 프로체슈트 가문의 역사 속에서 로안나의 증조부인 슬론 프로체슈트는 대단한 재능을 가진 마법사였다.

물론 그 끝이 그리 좋게 끝나진 않았지만 그의 재능은 진짜였다.

"칭찬 감사드려요. 하지만…… 우선 사과부터 드리겠습니다."

"아니다. 아이야. 네가 사과할 게 아니야. 그건 슬론의 잘못이지, 슬론의 혈통이 사과할 거리가 아니다."

단호하게 말한 트로르가 이번에 에단을 보았다.

"그리고…… 에단 휘커스라고 했지?"

"네."

에단의 대답에 트로르가 고개를 주억거렸다.

"이제야 무슨 이유로 온 건지 알겠군. 모든 생명력을 잃은 프로체슈트에 다시 생명의 힘이 깃들게 해 달라는 거 아닌가?"

"예, 맞습니다. 그 사건 이후로 프로체슈트는 몰락의

길을 걷고 있습니다. 수많은 경쟁자들이 있는 남부에서 아무런 특색도 없이 살아남는 건 아주 힘든 일이니까요."

에단은 차분히 말을 이었다.

"이래선 프로체슈트 가문의 명맥이 끊길지도 모릅니다. 한때 정령왕의 계약자를 배출했던 그 프로체슈트 가문이 말입니다."

"……"

트로르는 살짝 인상을 썼다.

그 이후로 꽤 시간이 흘렀다고는 하지만 그건 인간의 기준으로 많이 흐른 것일 뿐.

정령왕인 자신의 기준에선 어제 일어난 일처럼 생생했다.

"내가 어째서 프로체슈트의 모든 생명력을 회수하고 사라졌는지는 알고 있을 텐데?"

"예, 알고 있습니다."

트로르 입장에선 크게 배신을 당한 거나 다름없다.

그런데 이렇게 찾아와서 거두어 간 것을 돌려 달라고?

"그렇다면 자네의 제안이 얼마나 내게 염치없게 느껴지는 지도 잘 알겠군."

"예, 압니다. 그런 일이 벌어졌는데 프로체슈트에 생명력을 되돌려 달라니, 그것만큼 염치없는 일은 없죠."

에단의 말에 로안나가 어리둥절한 표정으로 에단을 보았다. 그리고 그건 트로르도 마찬가지였다.

"저는 부탁을 드리러 온 게 아닙니다."

"……뭐?"

"거래를 하러 왔습니다."

정령왕을 설득하기 위해선 감정에 호소해서는 안 된다. 그러니 그 설득에는 거래라는 이름을 덧씌운다.

"정령왕님이 지금 가장 필요로 하는 걸 제가 드리겠습니다."

"내가 가장 필요로 하는 것? 에단 휘커스, 젊은 인간이여, 무엇이든 다 안다는 듯한 눈빛으로 나를 보고 있구나. 네가 정말 내가 필요로 하는 걸 알고 있다는 것이냐? 그리고 그걸 네가 이루어 줄 수 있단 말이냐? 네 말은 땅의 왕 트로르를 무시하는 말이다."

에단의 말은 정령왕의 분노를 일으켰다.

당연했다.

에단이 한 말인즉 네가 못 하는 걸 대신 해 줄 수 있다는 말과 다를 바가 없었으니까.

"인간에게 뛰어난 잠재력이 있다는 건 안다. 끝없이 한계를 부술 수 있는 능력이 있다는 것도 안다. 하지만 무척이나 건방지구나. 내 마법을 모두 해체하고 여기까지 도달했다고 해서 대단한 업적이라도 세운 것 같더냐?"

샤아아아아악-!

바람이 불었다. 동시에 땅이 크게 흔들리기 시작했다.

쿠구구국-!

땅이 흔들리자 로안나가 앞으로 휘청거렸다.

반면에 에단은 한 치의 흔들림도 없이 침착한 모습으로 정령왕에게 말했다.

"제 말이 정령왕님의 심기를 불편하게 만들었군요. 하지만 다 알고서 말한 겁니다."

"뭐?"

정령왕은 더 들을 것도 없다는 듯 그대로 땅에 손을 가져다 댔다.

그때 에단이 입을 다시 열었다.

"옆구리의 상처, 귀환을 방해하는 추방의 낙인."

"……!"

정령왕의 움직임이 그대로 멈췄다.

"제가 치료해 드릴 수 있습니다."

에단의 말에 정령왕이 믿기지 않는 듯한 표정을 지었다.

"정말, 치료할 수 있다고? 이걸?"

지금까지 수십 년간 끊임없이 시도해 왔던 것이다. 점차 번져 가는 이 낙인 때문에 고통스러웠던 나날이었건만.

치료할 수 있다고 단언하는 에단의 말에 분노에 차올랐던 트로르의 머리가 냉정해지기 시작했다.

땅의 흔들림이 멈추고 간신히 균형을 잡은 로안나가 휴, 하고 안도의 한숨을 내쉬었다.

"선생님…… 너무 과격한 설득이에요."

로안나가 무사한 걸 확인한 에단은 다시 고개를 돌려 트로르를 쳐다보았다.

"그날 이후로 꽤 오랜 시간 동안 그 상처 때문에 고통스러워하시지 않았습니까?"

"……그랬지. 그걸 자네가 어떻게 알고 있는 건가?"

"고문서를 읽었습니다. 마계 대공에 관한 고문서였죠. 그러다 보니 마계 대공의 특수한 능력에 대해 알게 되었습니다."

물론 메판에서 그 마계 대공을 죽여 본 적이 있기에 아는 사실이다.

에단이 마계 대공과 특수한 능력에 대해서 이야기하자 트로르의 태도가 완전히 달라졌다.

"자네, 무언가를 알고 있군."

"그래서 말씀드린 겁니다. 저와 거래하시죠, 정령왕님. 제가 그 상처를 치료해서 다시 정령계로 돌아가실 수 있도록 돕겠습니다. 대신 프로체슈트 영지를 원래대로 되돌려 주십시오. 아니, 가능하다면……."

에단은 단순히 프로체슈트 영지를 복구하는 걸로 만족할 생각이 없었다.

'메판에서 퀘스트를 클리어했을 땐 정말 간신히 정령왕을 치료했으니까.'

그땐 완치가 아니라 증상을 호전시키는 정도로 끝났다.

하지만 지금은 다르다.

'확실하게 치료할 수 있다.'

"다시 프로체슈트를 지켜 주십시오."

에단의 과감한 제안에 오히려 로안나가 더 놀랐다.

설마 정령왕에게 저런 제안까지 할 줄이야.

"자네는 저기 있는 로안나의 선생이라고 했지? 그렇다면 이 영지와는 아무런 관련도 없는 외부인이라는 건데, 왜 내게 그런 제안을 하는 거지?"

정령왕은 이해할 수가 없었다.

이 제안은 사실상 에단에게 이득이 거의 없는 제안이었다.

물론 그건 순전히 정령왕의 생각일 뿐이었다.

'이 프로체스트가 다시 남부 유일의 정령사의 탑이 된다면 우리 휘커스 영지와 연계할 수 있게 돼. 공방 사업을 한층 더 크게 일으킬 수도 있고 휘커스 영지와 남부를 연결하는 교두보가 될 수도 있지.'

공방 사업의 확장을 도모하는 에단에겐 여러모로 이득이 될 수밖에 없었다.

'확실한 동맹 하나가 생기는 거야. 배신을 걱정할 필요가 없는 동맹 말이야.'

그것만으로도 프로체스트를 도울 가치는 충분했다.

'그리고 완벽하게 퀘스트를 클리어하면 추가 보상이 있으니까.'

무려 극상 난이도의 퀘스트다.

 정령왕을 완벽하게 치료해 내면 지금껏 받아 보지 못했던 엄청난 보상을 받을 수 있을 터.

 '퀘스트를 완벽하게 클리어하려면 정령왕에게 큰 제안을 해야 하거든.'

 에단은 호의만으로 움직이는 사람이 아니었다.

 이미 계산은 다 끝났다.

 "제가 로안나의 선생이기 때문입니다. 한 번 맡기로 결정한 이상 끝까지 책임질 생각입니다. 그리고 다음 수업의 조교인 로안나가 좋은 모습을 보이려면, 아무래도 집안의 문제가 해결되는 게 가장 좋을 테니까요."

 물론 본래 목적을 솔직하게 말할 필요는 없다.

 에단의 말에 로안나가 감동한 표정으로 에단을 보았다.

 눈물을 글썽이는 게 당장이라도 눈물이 쏟아질 것도 같았다.

 "선생님······!"

 "흐으음······ 보기 드문 인간이로군."

 트로르 또한 에단의 답변에 감탄했는지 끼고 있던 팔짱을 슥 풀었다. 이래서 자신이 인간과 계약을 맺었었지 하고 과거를 상기하는 듯한 표정이었다.

 "그래, 좋다. 이 상처를 없애 주는 것에 비하면 너희의 부탁은 그리 어려운 일이 아니지. 내게는 엊그제 같은 일이지만, 너희들에게는 꽤 오랜 시간이 지날 일일 테니까. 모든 걸 없던 일로 할 수는 없지만 훌훌 털어 낼 수는 있지."

트로르는 로안나 쪽으로 시선을 옮겼다.

그녀를 보면서 문득 인간의 시간이란 정말 짧구나 라는 생각이 들었다.

로안나의 얼굴에서 매일 같이 욕하던 첫 번째 계약자의 얼굴이 보였기 때문.

"하지만 알고 있겠지? 내가 다시 그 땅을 지키기 위해선 계약자가 필요하다."

그리고 그 계약은 아무나 할 수 있는 게 아니었다.

"새로운 계약자가 될 사람이 없으면 네 제안은 들어줄 수가 없다, 에단 휘커스."

"여기 로안나가 있지 않습니까."

무려 정령왕과의 계약이다.

적성이 맞지 않으면 몸이 그 힘을 감당하지 못해 폭주하거나 망가질 위험이 있다.

하지만 에단은 크게 걱정하지 않았다.

'로안나라면 되겠지.'

정령왕과 계약해 본 경험이 없어 어떻게 될지는 알 수 없었지만, 로안나라면 정령왕과 계약하기에 충분할 터.

"그럼 일단 해 보도록 하지. 준비됐나, 로안나 프로체슈트?"

"네, 준비됐어요."

로안나가 긴장한 듯한 목소리로 말했다.

땅의 정령왕 트로르.

증조할아버지인 슬론과 계약을 맺었던 정령왕과 계약을 맺는다고 생각하니 유산을 물려받는 듯한 기분이 들었다.

샤아악-.

트로르가 손짓하자 로안나의 발밑에 마법진이 생겨났다.

"적성 확인."

당연히 슬론의 혈통이니 적성은 맞을 터.

"……응?"

그런데 뭔가 이상했다.

"부적합이군."

"네?"

에단이 살짝 인상을 썼다.

설마하니 로안나가 부적합일 줄이야.

"나와는 상성이 맞지 않아. 불, 그리고 번개와 상성이 맞는구나. 내 대척점에 있는 속성들이지."

트로르가 고개를 저었다. 사람마다 각자 적성 있는 속성이 달랐다. 때문에 속성이 맞지 않으면 정령 계약이 힘든 경우가 있었다.

그래도 웬만하면 다 계약이 될 텐데.

"상급 정령까지야 반대되는 속성이어도 계약은 맺을

수 있겠지. 속성이 잘 맞는 경우보다는 위력이 적어지겠다만. 하지만 나는 명색이 정령왕. 확실한 적성이 없으면 계약은 불가하다."

사실 그가 단 한 명과 계약했던 데에도 그런 이유가 포함되어 있었다.

당대에 강대한 정령왕의 기운을 버틸 수 있는 인간이 거의 없었으니까.

수많은 인간들 중 유일하게 한 명.

슬론 프로체슈트만이 땅의 정령왕인 트로르와 계약해 그 힘을 사용할 수 있었다.

에단이 로안나에게 다가갔다.

"괜찮다, 로안나. 속성은 본래 타고나는 거다."

"아버지라면 가능하실 수도 있어요. 그래도 저보다는 증조할아버지에게 더 가까운 분이시니까요."

그렇게 말하며 로안나가 한숨을 내쉬는 그 순간, 그녀의 발밑에 펼쳐진 적성 확인의 마법진이 그대로 에단에게 이어졌다.

샤아아악-!

순간 에단의 발밑에 새겨진 마법진이 강렬하게 반응했다.

"!"

그걸 본 트로르가 놀란 표정을 지었다.

"에단 휘커스."

적성 확인.

"내 계약자가 될 수 있는 적성을 지녔구나."

\* \* \*

"흐음."

펠릭스 공작가.

남부의 대마법사라 불리는 한센은 방금 떠나간 프로체슈트 가문의 마법사를 떠올렸다.

그는 공작가의 고문 마법사였다.

꽤 오랜 시간을 공작가와 함께해 왔기에 사실상 공작가의 일원이라고 봐도 무방했다.

십이성 가문, 펠릭스의 강력한 기둥 중 하나라 평가 받았으니 말이다.

그랬던 그는 공작가의 고문 마법사로 일하면서 프로체슈트 가문에 도움을 받았던 적이 있었다.

꽤나 큰 도움이라 언젠가 그 빚을 갚겠다고 확실하게 약속했었다.

말로만 약속할 수는 없기에 자신의 마력이 담긴 나무 명패도 함께 줬었다.

오늘, 프로체슈트의 마법사는 그 명패와 함께 빚 청산을 요구했다.

"꽤 오래 된 빚이긴 했지. 그런데 이 타이밍이라. 뭘 하려고 그 귀한 마노 가루를 다시 찾아간 거지? 설마 지금 와서 망한 땅이라도 되살려 보려는 건가."

한센은 도통 이해가 가지 않았다.

"프로체슈트 영주 입장에선 이렇게 쉽게 포기하기 아까울 텐데."

여차하면 그 빚을 빌미로 펠릭스 공작가와 자신에게 어떤 도움이든 받을 수 있다.

그걸 포기한다는 것은 분명 미카엘 프로체슈트가 뭔가를 계획하고 있다는 것이었다.

"궁금해지는군. 상당히."

한센 입장에서 프로체슈트는 참으로 안타까운 곳이었다.

그는 곧장 부하에게 지시를 내렸다.

"지금 프로체슈트 령으로 가 특이 사항이 있는지 확인하도록."

"예! 알겠습니다!"

\* \* \*

"제가 말입니까?"

'정령왕과 계약한 적은 한 번도 없었는데, 설마 적성에 맞을 줄이야.'

하지만 걱정이 있었다.

현재 이 몸뚱이는 절멸증이란 저주에 걸려 있다. 정령왕의 강대한 힘을 받아들이기는커녕 버티는 것도 쉽지 않을 것이 분명했다.

"정확한 적성이야. 흠, 슬론 때와 비슷하군. 이 정도면 자네와 계약을 맺을 수 있겠어. 그러면 자네를 중심으로 프로체슈트를 다시 지킬 수 있게 될 거야. 하지만 문제가 있군."

그리고 그 문제를 정령왕도 알고 있었다.

"내 상처를 치료해 준다고 했지만 자네도 만만치 않은 게 있지 않은가."

그 말에 에단은 그저 웃어 보였다.

"원래 치료사가 제 몸은 치료를 잘 못한다고 합니다. 제가 딱 그런 경우죠."

"선생님, 아프신 거예요?"

로안나가 걱정스런 표정으로 에단을 보았다.

에단은 고개를 끄덕였다.

"많이 아픈 상태다. 2학기엔 너희들을 어떻게 가르쳐야 할지 걱정으로 말이야."

"놀리시는 거군요."

에단은 가볍게 웃고는 고개를 돌렸다.

"그래서 계약은 힘든 겁니까?"

"힘들진 않아. 그 몸에 딱 맞는 능력만 부여하면 되니까. 자네의 몸이 지금보다 더 강해진다면 그때 그 힘을 다시 주면 되거든."

'전부 다 얻을 수 없는 건 아쉽지만.'

그래도 생각지도 못한 수확이었다.

특히 땅의 정령왕인 트로르는 방어에 특화된 정령이다.

'땅의 힘은 방어에 쓰기도 용이하고, 여차하면 공격 수단으로도 쓸 수 있어.'

"그럼 바로 계약하도록 하지."

"먼저 치료부터 하지 않아도 괜찮으시겠습니까?"

"서로 간에 믿음 없이는 아무것도 할 수 없네. 안 그런가?"

트로르의 말에 에단도 웃으며 고개를 끄덕였다.

"계약부터 하시죠."

샤아아아악-.

땅에 금이 가더니 이내 에단의 발쪽을 감싸듯 삐죽한 돌들이 튀어 올랐다.

"새로운 계약을 맺노라."

트로르가 에단을 향해 손을 내뻗었다.

"윽."

에단은 순간 팔뚝을 불로 지지는 듯한 고통을 느꼈다.

마름모꼴의 문신. 계약이 이루어졌다는 표식이었다.

**-업적을 달성하셨습니다!**

-[첫 정령 계약] 업적 달성에 따라 좋아요를 획득했습니다.
 -좋아요를 '1'만큼 얻었습니다!
 -업적을 달성하셨습니다!
 -[정령왕의 계약자] 업적 달성에 따라 좋아요를 획득했습니다.
 -좋아요를 '15'만큼 얻었습니다!

'이런 미친.'
 에단은 순간 속으로 욕지거리를 내뱉었다.
'좋아요가 15라고? 사도 사냥으로 얻은 좋아요가 10이었는데. 역시 정령왕은 달라도 한참 다르군.'
"이제 자네는 정식으로 내 계약자가 되었다. 이젠 내 힘이 일부 자네에게 깃들 거야."

**-정령왕 소환을 배웠습니다.**
 **-스킬 추가 : 정령왕 소환 (S)**

"지금부터 그 힘이 뭔지 보여 주도록 하지. 하루 세 번. 나와 계약해 얻은 정령력으로 마나가 없더라도 하루 세 번은 내 힘을 사용할 수 있을 거야."
 정령왕이 에단을 향해 에너지를 방출했다. 피하지 않으면 크게 다칠 법한 강력한 공격이었다.

하지만 에단이 피하기도 전에 자동적으로 그의 앞에 흙벽이 솟아났다.

"자동 방어."

공격을 막아 낸 흙벽이 그대로 투두둑 무너져 내렸다.

"꽤 괜찮은 내구력을 가진 흙 방패가 자네를 지켜 줄 거야."

말을 마친 트로르가 곧장 살짝 발을 굴렀다. 그러고는 살짝 앞으로 나아갔다.

샤아악-!

방금까지 옆에 있었던 트로르의 신형이 순식간에 저 멀리에 가 있었다.

"어스 슬라이드. 이제부터 땅은 온전히 자네의 영역이야. 나, 트로르의 계약자라면 응당 그래야 하지."

에단은 그가 보인 속도에 감탄을 숨기지 않았다.

저 멀리까지 갔던 트로르는 어느새 자신의 옆에 돌아와 있었다. 거의 순간 이동이나 다름없는 속도였다.

"빠르군요."

그 속도는 에단이 낼 수 있는 번개의 힘만큼이나 빨랐다.

분명 호루스의 눈으로 보고 있었건만. 눈이 아릴 정도로 빠른 속도였다.

"하지만 단점이 명확한 기술이지. 물론 단점만큼 장점도 명확하지만 말이야. 제대로만 사용한다면 자네의 기동성을 확실하게 보완해 줄 수 있을 걸세."

마지막은 정령왕의 시그니처 기술이었다. 땅의 정령 중에서도 오로지 정령왕만이 가진 힘.

"어스 퀘이크."

트로르가 강하게 발을 구르자 순간 주변 일대가 크게 흔들리기 시작했다.

아까 전 발을 굴렀을 때와는 차원이 다르다 느껴질 정도로, 당장 에단마저 밸런스를 잃고 앞으로 고꾸라질 뻔할 만큼 강렬한 흔들림이었다.

"이건 지금 상태론 제대로 못 쓰겠지만, 적어도 상대의 허를 찌를 정도는 될 거야."

**-새로운 기술을 배웠습니다!**
**-기술 추가 : 어스 실드(S), 어스 슬라이드(A), 어스 퀘이크(S)**

어스 슬라이드를 제외한 두 가지 기술은 S등급이었다.

'훌륭하군.'

특히 어스 실드와 어스 슬라이드는 잘만 사용한다면 상황을 반전시킬 수 있는 기술이었다.

'어스 슬라이드는 익숙해지기까지 시간이 필요하겠지만 말이야.'

순간적으로 미끄러지듯 땅을 타서 자신의 속도를 한없

이 올릴 수 있다.

'이게 중요해.'

당장 에단은 번개의 힘을 품고 있어 그 힘을 이용해서 빠르게 움직일 수 있다.

'하지만 사도에겐 제대로 통하지 않았었지. 내 숙련도의 문제도 있었지만 말이야.'

그 속도에 날개를 달아 줄 수 있는 기술이 바로 이 어스 슬라이드였다.

뇌명에 힘에 땅의 힘을 더해서 사용하면 얼마나 빨라질지는 에단도 정확히 예측할 수 없을 정도였다.

하지만 분명 문제는 있다. 트로르의 말처럼 이 어스 슬라이드는 장점과 단점이 뚜렷한 기술이었으니까.

'컨트롤.'

속도를 제대로 컨트롤하지 못해서야 제대로 써먹을 수가 없다. 최악의 상황엔 상대의 공격에 그대로 머리를 들이박는 일이 생겨날 수도 있으니까.

당장 뇌명의 힘도 완전히 에단의 통제 아래에 있는 게 아니다.

'그래도 지금의 한계를 깰 수 있는 건 확실해.'

"영광입니다, 트로르 님."

"이제 존칭을 붙일 필요는 없어. 계약을 맺었다는 건 그 계약 기간 동안 우리의 위치가 동등하다는 거니까."

"그래?"

"어, 엇……."

에단이 고개를 끄덕였다.

"알겠다, 트로르. 잘 부탁한다."

"그, 그래. 잘 부탁하마, 에단 휘커스."

에단의 빠른 태세전환에 트로르는 어버버하며 당황했다.

그리고 그 당황함을 가라앉힐 새도 없이 에단은 빠르게 다음으로 넘어갔다.

"그럼 트로르, 치료를 시작하지. 온전히 날 믿으면 돼. 다른 생각은 하지 말고."

스윽-.

에단은 침을 만들어 냈다. 기존의 침보다 훨씬 더 큰 침이었다.

**-진맥을 사용합니다.**
**-큰 상처가 있습니다.**
**-상처 확인 : 추방의 낙인.**
**-오래된 상처입니다. 치료 가능성이 현저히 낮습니다.**

허류 침술과 허류 탕약술을 마스터한 이후, 진맥 역시 그 기능이 이전보다 크게 향상되었다.

'이런 식으로 확실한 설명까지 해 주는군.'

이제야 좀 제대로 된 진맥 스킬을 쓰는 듯한 느낌이었다.

'역시나 심하긴 심하군.'

에단은 살짝 인상을 썼다.

"일단 상처를 좀 봐야겠는데."

그 말에 트로르가 감추고 있던 옆구리의 상처를 보여주었다. 황토색 피부 위로 새카만 균열이 드러났다.

"으……."

로안나가 눈살을 찌푸렸다.

트로르의 상처는 썩다 못해 괴사되었다 해야 할 지경이었다. 옆에서 보는 것만으로도 절로 눈살이 찌푸려질 정도로 상태가 심각했다.

트로르는 쓰게 웃으며 상처를 가리켰다.

"심한 상처야. 나도 어떻게든 해결해 보려고 노력했지. 하지만 점점 더 커지더군. 깨진 유리창처럼 균열이 간 게 보이나? 처음엔 균열 따윈 없었어."

상처가 이 정도로 악화됐으니 고칠 수 있다는 에단의 말에 혹할 수밖에 없었던 것이다.

"어떤가, 고칠 수 있겠나?"

"고통은 어느 정도지?"

에단의 말에 트로르가 쓰게 웃으며 말했다.

"내가 인간이었다면 스스로 목숨을 끊었을 거야."

"그럼 고통부터 줄여야겠군."

에단이 그 자리에서 동의보감을 꺼내 들었다.

챠르르륵-!

동의보감이 저절로 열리더니 페이지 한 곳을 펼쳤다.

에단은 동의보감을 펼친 상태로 남은 한 손만 써서 능숙하게 탕약을 만들기 시작했다.

이미 마스터의 경지에 이른 에단에게 있어 한 손만 가지고 탕약을 만드는 건 아주 쉬운 일이었다.

"한 손으로……?"

그 모습을 본 정령왕은 크게 놀랐다.

정령왕인 그가 알기로도 포션을 만드는 건 엄청난 집중력을 요한다는 것이었다.

그런데 에단은 한 손만으로 아주 쉽게 포션을 만들고 있었다.

심지어 그 모습이 굉장히 자연스러워 보이는 게, 내심 포션을 만드는 게 굉장히 쉬운 일이 아닌가 착각될 정도였다.

"쉬워 보일 리가 없는 게 쉬워 보인다…… 저런 몸을 가졌는데 어떻게 저런 실력을 가지고 있는 건지 모르겠군. 저 정도면 이미 대마법사급이 아닌가."

에단의 실력은 진입로부터 계속해서 트로르를 놀라게 만들었다.

하지만 놀라운 일은 더 있었다.

"저기, 트로르 님, 저희 선생님은 마법사가 아니세요."

"뭐? 마법사가 아니라니? 저 정도 실력을 가지고 있는데 마법사가 아니라고? 혹시 내가 은거한 사이 인간계에 엄청난 일이라도 벌어졌나? 저 정도 실력이 평범해질 정도로?"

"아니요. 그런 게 아니라……."

로안나가 에단의 허리춤을 가리켰다.

"검사세요."

"……검사?"

트로르가 한껏 인상을 썼다.

"슬론의 증손녀여, 농담이 지나치군. 에단 휘커스가 검사라고? 말도 안 되는 일이지. 이 진입로를 통과해서 온 건 온전히 저 에단 휘커스의 공 아니던가? 물론 네 공도 있었다만, 전체적인 지휘는 에단 휘커스가 한 것이 아닌가?"

"그건 맞는데요."

로안나는 말문이 막혀 버렸다.

가령 자신이 트로르였어도 절대 믿지 않았을 말이다.

애초에 이야기만 듣는다면 누가 믿으려 들겠는가.

정령왕의 마법을 해석하고 한 손으로 포션을 만드는 저 에단 휘커스가 대륙의 명문 이베카 아카데미의 검술과 교사라는 것을.

"그래, 네게는 여러모로 슬론에게는 없는 재능이 있구나. 그 유머 센스를 포함해서 말이다."

"……."

"허 참. 마법을 파훼하는 그 실력도 놀라웠다만, 한 손만으로 포션을 만드는 저 실력도 대단하거늘……."

저 손놀림을 보라!

재료를 다루는 솜씨와 정확한 타이밍. 저 모습을 보고 누가 검사라고 생각하겠는가.

"그래도 재밌는 농담이었다, 하하하."

"……."

로안나는 그냥 설명하길 포기했다. 어차피 에단과 계약을 하게 됐으니 금세 알게 될 것이다.

둘이 한창 이야기하는 와중에도 에단은 계속해서 포션을 만들고 있었다.

그때 들고 있던 동의보감이 빛나기 시작했다.

"음."

**-동의보감의 효과가 강화됩니다.**

순간 에단의 손에 들려 있던 동의보감이 공중으로 떠올랐다 그러더니 에단이 고개를 살짝 들어 볼 수 있는 위치에서 멈췄다.

-마법서 : 동의보감이 당신을 진정한 주인으로 인정했습니다!

-진 허류 침술의 효과가 강화됩니다.

-진 허류 탕약술의 효과가 강화됩니다.

"오호라."

에단이 공중에 떠오른 동의보감을 보며 미소 지었다.

자신이 처음 신세계를 구독하고 처음 배웠던 능력이다.

그리고 직접적으로 자신의 생명을 구해 주었던 능력이기도 했다.

그 능력이 자신을 인정해 주는 것 같아 무척이나 기분이 좋았다.

**-탕약을 만들었습니다!**

그렇게 강화된 힘이 깃든 탕약 하나가 만들어졌다. 당연한 말이지만 S등급이었다.

'예전 정령왕을 치료했을 때, 그 기억을 되살려서 만든 탕약이다.'

효과는 확실하다. 하지만 이 탕약 하나만으로 그를 치료할 수 있을지는 장담할 수가 없었다.

'완벽한 치료가 필요하니까.'

만들어진 탕약에서 뿜어져 나오는 압도적인 냄새에 트로르는 저도 모르게 코를 쿵쿵거리며 그 냄새를 맡았다.

"흐음……!"

포션을 만드는 과정을 처음부터 끝까지 모두 지켜봤다. 시종일관 계속 멍하니 보게 되는 솜씨였으니, 신뢰하지 않을 수가 없었다.

　-[계약 정령 : 정령왕 트로르] 정령이 당신을 향해 신뢰를 보냅니다.
　-정령 친화력이 상승합니다!

　정령 진화력은 그 수치가 상승할수록 정령으로부터 강한 힘을 얻을 수 있다.
　물론 이 정령 친화력은 일방적인 게 아니어서, 자신의 힘 또한 정령에게 넘어갈 수 있었다.
　그 결과 초급 정령이 중급 정령으로, 중급 정령이 상급 정령으로 진화하는 일도 많았다.
　요컨대 정령 친화력은 오르면 오를수록 좋은 수치였다.
　'아직 마시지도 않았는데. 정령왕이 생각보다 사람을 잘 믿는군.'
　에단이 쭉 들이켜라 손짓하자 정령왕이 그대로 탕약을 꿀떡꿀떡 삼켰다.
　순간 정령왕의 몸에서 빛이 나기 시작했다.
　그리고 얼마 지나지 않아 그 빛이 그대로 옆구리의 새카만 균열에 집중되었다.
　그 타이밍에 맞춰 에단은 침술을 사용했다.
　갑작스럽게 찔러 넣었음에도 불구하고 에단의 기술이 좋

아, 정령왕은 제대로 반응을 못하고 침을 그대로 맞았다.

"이게 무슨 짓……."

그러나 트로르는 끝까지 말하지 못했다. 옆구리에 반응이 왔기 때문이었다.

"세상에……."

트로르는 말 그대로 경악했다.

상처를 달고 산 지 수십 년이다. 방금까지도 옆구리의 상처에 상당한 고통을 느끼고 있었다.

고통은 익숙해지지 않았다. 그게 오래 되다 보니 그 고통에 대한 생각이 무뎌졌을 뿐.

그런데 그 고통이 침을 맞자마자 줄어든 것이다.

"어……!?"

로안나가 트로르의 옆구리를 향해 손가락질을 했다.

"사라졌어요!"

그 끔찍한 상처가 사라지고 있었다. 갈라졌던 균열이 생기를 되찾으며 아물기 시작했고 새카맣게 변했던 부위가 본래의 황토색으로 돌아오기 시작했다.

"사, 상처가…… 원래대로, 원래대로 돌아오고 있어."

"선생님!"

완벽한 치료 결과에 로안나가 기쁜 표정으로 에단을 보았다.

그러나 에단은 인상을 찌푸리고 있었다.

"선생님?"

'아니야. 이건 완벽한 치료가 아니다.'

분명 상처가 깨끗이 사라진 것처럼 보이지만 에단의 눈에는 보였다.

호루스의 눈 덕분에 훨씬 더 정확하게 보고 있었다.

"트로르, 손."

에단의 말에 트로르가 손을 내밀었다. 방금 그 탕약을 먹고 한층 더 에단을 신뢰하게 된 듯했다.

**-진맥을 사용합니다.**
**-상처가 있습니다.**
**-상처 확인 : 희미한 추방의 낙인**

"후."

"덕분이네, 계약자! 설마하니 이게 정말 나을 거라고는……."

"아니."

에단이 고개를 저었다.

"아직 안 나았다."

"……안 나았다니? 이젠 고통도 없고…… 보게나, 원래 있던 상처도 말끔히 아물었어."

"다 나은 거 아닌가요?"

"아니, 아직 아니야."

본래라면 이 정도만으로도 퀘스트를 클리어할 수 있었

다. 이전에 메판에서도 이렇게 퀘스트를 성공했었다.

트로르가 부상이 치료되었음을 인정하고 의미로 고개를 숙인다면 그걸로 퀘스트는 완료다.

하지만 그건 에단이 원하는 성공이 아니었다.

'완전히 치료가 됐다면 아예 낙인이 사라졌어야 해.'

에단이 잠시 고민했다.

'깊게 고민할 필요 없지.'

에단은 곧장 신세계를 열어 검색을 시작했다.

키워드는 의술.

"음?"

검색을 하려던 도중, 에단은 허준의 새로운 영상이 올라온 걸 확인했다. 그런데 제목이 심상치 않았다.

"합방 영상인데……."

그 합방의 상대 이름이 제목이 적혀 있었다.

에단은 자신이 본 게 맞는지 다시 확인했다. 분명 어디선가 많이 본 이름이었다.

"이제마?"

# 3장

3장

이제마.
에단은 어디서 그 이름을 들었는지 떠올렸다.
"아!"
그리고 깨달았다.
"태양인!"
태양인, 소양인, 태음인, 소음인.
사람의 체질을 네 가지로 구분하는 사상 의학을 창시한 사람이었다.

-[합방!] 게스트 이제마와 함께하는 네 가지 체질을 구분하고 알맞게 치료하는 방법…….

"근데 이건 사람에게만 해당되는 거 아닌가?"

에단은 살짝 고민했지만 그 고민은 생각보다 빨리 해결됐다.

'꽤 긴 제목이라 다 보이지가 않았어.'

동영상 제목의 끝엔 모든 존재에게 해당된다는 말이 적혀 있었다.

-[인간이든 인외의 존재든 상관없이 모두에게 사용 가능!]

에단은 더 고민하지 않고 합방 영상을 눌렀다. 역시나 프리미엄 구독자에겐 무료 제공이었다.

-반갑군, 구독자들이여. 오늘 만든 영상은 다른 영상과는 다르다네. 특별한 게스트가 있지. 여기 이 친구는 내 오랜 후배라네.

허준의 소개에 이제마가 꾸벅 고개를 숙였다.

이제마는 멋들어진 갓과 한복 차림을 하고 있었다.

-수백 년 뒤의 후배입니다. 반갑습니다, 이제마라고 합니다.

-이제마 선생, 오늘은 이 자리를 빌어 자네의 기술들을 적극적으로 설명해 주면 되네.

이제마는 고개를 끄덕이고는 사상 의학에 대해서 설명했다.

―세상에 존재하는 모든 생명은 네 가지 형태로 구분이 되는데…….

―그들은 각각 다른 체질을 가지고 있어…….

꽤 긴 내용이었지만 기존에 허준의 영상을 봤던 에단이었기에 이해는 쉬웠다.

요컨대 모든 생명은 네 가지 체질을 가지고 있고, 그 체질에 맞게 각기 다른 치료를 해야 한다는 것이었다.

―여러분 중에 진맥을 배운 구독자가 있을 걸세. 그 구독자라면 이 영상이 아주 큰 도움이 되겠지. 내가 데리고 온 이 후배의 힘이 그대로 진맥에 깃들 테니까.

허준의 말과 동시에 에단에게 알림이 떴다.

**―진맥이 강화되었습니다!**
**―진맥이 체질을 꿰뚫습니다.**

'오.'

이제 진맥은 상대의 상태를 확인하는 걸 넘어 어떤 방식으로 치료를 해야 하는지를 알려 줄 정도가 되었다.

'괜히 자신의 채널에 데리고 온 게 아니군?'

이제마의 사상 의학은 허준의 기술을 한층 더 업그레이드시켜 줄 수 있는 한 수라고 볼 수 있었다.

―치료를 하려는 대상이 어떤 상태인지 구별하는 것이 가장 중요하네.

그 말을 서두로 이제마는 꽤 긴 이론을 설파했다.

아주 어려운 내용들이었지만 기존에 있던 허준의 강의를 싹 다 보고 진 허류 침술과 진 허류 탕약술까지 익힌 에단에겐 생각보다 쉽게 다가왔다.

이제마가 쏟아 내듯 이야기를 한 뒤엔 허준이 앞으로 나섰다.

-자, 그러면 다음으론 내 차례네. 이제마 선생의 진맥으로 체질을 꿰뚫었다면 그 체질에 맞춰서 침을 놔야겠지. 나는 꽤 오랫동안 사상 의학으로 분류되는 네 가지 체질에 맞춘 침술을 연구했네. 진맥으로 파악한 체질에 맞춰 침을 놓는다면 훨씬 더 좋은 효과를 낼 수 있을 거야.

허준 또한 지금까지 가만히 있던 게 아니었다.

그는 가진 바 능력을 계속해서 성장시키고 있었다. 구독자를 늘리고 좋아요를 확보하기 위해선 계속해서 자신의 능력을 발전시켜야 했다.

'그렇게 발전시킨 능력을 토대로 또 새로운 구독자들을 끌어모아야 하니까.'

에단이 씩 웃었다.

-진정한 침술이란 무엇인가. 침술의 한계를 깨기 위해선 어떻게 해야 하는가. 나는 이러한 한계를 부수고자 내 침술을 사상 의학과 결부시켰다네.

허준과 이제마는 영상에서 사상 의학과 침술을 어떻게

결합시킬 수 있는지, 그리고 그 효과가 어떤지를 설명했다.

**-진 허류 침술이 강화되었습니다!**
**-진 허류 침술의 효과가 증대됩니다!**

'대단해.'
에단은 허준의 설명에 감탄할 수밖에 없었다.
역시 신은 신이었다. 에단이 보기에 부족한 점이 없었던 허류 침술이었다.
'나는 진 허류 침술을 얻었을 때 이걸로 침술이 완성됐다고 생각하고 있었어.'
하지만 수없이 긴 시간 동안 이 침을 다뤄 온 허준에게 진 허류 침술은 완성이 아니었던 것이다.
'한계. 더 위로 올라갈 수 없던 한계였던 거야.'
누군가에게 완성되어 보이던 것이 또 누군가에게는 한계였다.
그랬기에 허준은 침술의 한계를 깨기 위한 준비를 해 왔으니, 오늘 이 영상이야말로 그 한계를 넘어서는 영상이라 할 수 있었다.
'훌륭하군.'
끊임없이 발전해 나가려는 허준의 모습에 에단은 큰 자극을 받았다.
-지금까지 영상을 봐 줘서 고맙네. 이번 합방 영상이

구독자 여러분들에게 얼마나 도움이 될지는 모르겠네만, 만약 만족스러운 결과를 얻었다면 앞으로도 또 다른 훌륭한 이들과 합방을 진행하도록 하겠네.

'굉장히 좋은 콘텐츠였다. 아무나 데리고 온 게 아니라 딱 허준의 능력을 극대화시킬 수 있는 게스트와 합방을 했어. 이런 식으로 합방을 지속해 나간다면 기존 구독자들의 입소문을 타고 오는 새 구독자들의 유입을 기대할 수 있다.'

거기에 하나 더.

에단은 허준만 볼 수 있도록 댓글을 남겨 두었다.

'쇼츠를 만든다면 효과를 극대화할 수 있어. 한층 더 구독자 수를 늘릴 수 있을 거야.'

마침 자신이 이번에 쇼츠에 대해서 알게 되었는데, 그 쇼츠로 허준의 구독자와 좋아요를 더 늘릴 수 있을 것 같다는 제안이었다.

'생각해 보니 프리미엄 구독자에겐 이번 영상도 무료였지.'

짐작하기에 허준의 프리미엄 구독자는 아주 소수일 터. 어쩌면 자신뿐일 수도 있었다.

'계속 받기만 할 순 없지.'

그렇다고 마냥 허준을 도울 생각은 아니었다.

현재 허준에게는 굿즈가 없다.

다른 신들은 대부분 굿즈가 있고, 에단은 여러 차례 그

굿즈의 도움을 받았었다.

'지금 이 쇼츠로 허준을 도와준다면 언젠가 그가 만들 굿즈를 무료로 받을 수 있겠지.'

어쩌면 허준이 사용하던 전용 침 같은 걸 굿즈로 판매할 수도 있었다.

'어쩌면 더 대단한 게 있을 수도 있고 말이야. 희대의 영약 재료라든가.'

그런 걸 받을 수 있다면야 에단의 입장에선 그나마 쉽게 만들 수 있는 쇼츠로 큰 이득을 얻는 셈이었다.

'거기다 서로 원원할 수 있는 일이니까.'

허준에게 있어서 에단은 구원자나 다름없다.

하지만 그건 에단 역시도 마찬가지였다. 허준이 아니었으면 진작 아무것도 하지 못하고 죽었을 테니까.

그렇게 허준의 합방 영상까지 본 에단이었지만 이걸론 부족하다는 생각이 들었다.

본래 그는 신세계에서 의술의 신을 검색하려던 참이었다.

'분명 이제마의 사상 의학은 나쁘지 않은 편이야. 하지만 이걸로 트로르를 확실하게 치료할 수 있을지는 미지수지. 분명 도움을 될 테지만……'

부족할 가능성도 있었다.

'그렇다면 확실하게 치료할 수 있는 방법을 찾아야 해.'

조금 더 확실한 치료 방법이 필요했다.

에단은 검색을 시작했다.

**-키워드를 검색합니다.**
**-키워드 : 의술의 신**
**-알고리즘이 현재 당신의 상황에 걸맞은 신을 추천합니다.**

챠르르륵-.

**-동양의 신의 : 청낭노**

"음?"
에단이 눈살을 찌푸렸다.
'동양의 신의? 청낭노?'
허준을 포함해서 동양에 이름난 의원은 꽤 있었다. 그런데 청낭노는 아예 처음 들어 보는 이름이었다.
"그런데 아예 처음 보는 건 아닌 것 같단 말이지."
청낭노.
에단은 분명 어딘가에서 이 단어를 보았다.
"아!"
에단이 곧바로 편지함을 열었다.
지금도 에단의 편지함은 수많은 신들의 편지로 가득했다.

-**전쟁의 신 : 아레스 [382통]**

그중 제일 많은 편지를 보낸 건 아레스였다.

그리고 그 밑에 [전쟁의 여신 : 아테나]가 보낸 편지도 있었다.

"그래도 요즘은 또 안 보내는 것 같네. 전신 아레스라면 꽤 훌륭한 신인데 말이야. 당장 전쟁을 할 생각까지는 없으니까, 때가 되면 열어서 확인해 봐야겠어."

그렇게 쭉 목록을 내리던 에단의 눈에 찾던 그 이름이 딱 들어왔다.

"역시, 여기서 내가 봤었구만."

청낭노라 써 놓으니 누구인지 몰랐었지만, 편지함에 있는 편지엔 이 신의 본명이 고스란히 적혀 있었다.

"화타."

관우와 조조를 치료한 것으로 유명한 후한 말의 신의.

청낭노의 정체는 바로 그 화타였다.

'화타 정도면 굉장히 유명한 편이지. 알고리즘이 추천해 줬으니 분명 지금 내 상황을 해결하기에 딱 적합한 신일 테고.'

관우의 뼈에 스며들어 있던 독을 긁어냈다는 일화는 에단 또한 아주 잘 아는 이야기였다.

지금까지 알고리즘이 에단에게 잘못된 신을 추천해 준 적은 없었다.

'방어 키워드를 입력하고 항우를 추천받은 적도 있었지.'

그 추천은 에단에게 굉장히 많은 도움을 주었었다.

"그런데…… 무슨 편지인가 했더니."

화타의 편지는 한때 에단이 구독 후기로 유명했던 시절에 온 것이었다.

―본인은 화타라 하오. 한번 이야기를 나누고 싶소.

에단은 곧장 화타의 채널로 들어갔다.

"흠."

화타는 에단이 아는 것치고는 꽤나 초라한 채널을 가지고 있었다. 올라와 있는 영상은 세 개에, 구독자는 2천 명 정도였다.

'사실 2천 명이면 그리 적은 것도 아니야.'

그 메이저한 신이었던 헤라클레스의 구독자 수도 처음엔 1만 명이었다.

'그저 신들 간의 순위 격차가 엄청나게 클 뿐이지.'

높은 순위의 신에게 구독자들이 몰린다.

'내 기준이 높아졌으니 초라하게 보일 뿐이지.'

그리고 채널이 초라해 보인다고 해서 얻을 수 있는 능력까지 초라한 건 아니었다. 허준 역시 예전엔 구독자가 거의 없는 수준이나 다름없었다.

에단은 곧바로 화타의 채널을 구독했다.

**-동양의 신의 청낭노를 구독합니다.**
**-필요한 좋아요 수는 '20개'입니다.**

'다행이군. 30개 정도는 들 줄 알았는데.'
척준경을 구독할 때 좋아요를 다 썼지만 그 이후로 좋아요를 꽤 모아 놔서 20개는 그리 부담이 되지 않았다.

**-청낭노를 구독하였습니다!**

에단은 구독을 한 후 일단 영상 하나를 보았다.

**-[청낭에 담을 약을 만드는 법]**

그러자 새하얀 머리칼에 새하얀 수염을 한, 마치 신선 같은 외모의 화타가 모습을 드러냈다.
-연자여, 본인은 화타라 불리는 늙은이일세. 우선 구독해 줘서 고맙다는 말을 하고 싶군. 필시 이 노부를 구독한 이유가 있겠지. 아마도 누군가를 치료하기 위해서일 거야. 그렇다면 이 노부를 선택함은 참으로 옳은 일이었네.
'오?'
영상을 본 에단은 꽤나 놀랐다.
화타가 명의라는 건 알고 있었다. 하지만 그가 어떤 식으로 환자를 치료를 하는지는 자세히 몰랐던 것이다.

'허준과 비슷한데?'

침과 탕약.

한 가지 다른 점이 있다면 화타는 마비산이라는 특수한 탕약을 통해 외과 수술까지 가능했다.

'절개하고 꺼내는 능력.'

에단은 영상에 집중했다.

지금 에단에게 필요한 게 바로 저 능력이었다. 정령왕 트로르의 몸속 깊숙한 곳에 있는 추방의 낙인을 없애기 위해선 바로 저 능력이 있어야 했다.

-이제 나는 마비산을 필요로 하지 않는 경지에 이르렀네. 마비산은 그저 고통을 줄여 주기 위한 수단이었을 뿐이니. 보게나, 연자여. 상처를 열어 그 근본을 없애는 힘. 그게 바로 나, 화타의 기술일세.

화타의 말과 동시에 에단에게 알림창이 떴다.

**-화타개복치료술을 배웠습니다!**
**-스킬 추가 : 화타개복치료술(S)**

'역시 알고리즘이군.'

알고리즘을 겪으면 겪을수록 이 알고리즘을 강화하면 어떻게 될지 심히 궁금해졌다.

'나중에 좋아요가 많이 남는다면 꼭 업그레이드를 해

봐야겠어.'

영상이 끝나고.

남겼던 댓글에 곧바로 답장이 왔다.

-[제대로 된 신만 구독함] 구독자여, 합방권을 지급하겠네. 직접 만나서 이야기를 나누고 싶군!

에단은 화타가 지급한 합방권을 곧장 사용했다. 에단 또한 합방권을 통해 방금 배운 화타개복술에 대한 가르침을 받을 생각이었다.

샤아아악-

에단이 눈을 뜨니 그곳은 꽤나 자그마한 방 안이었다.

"연자여, 이렇게 직접 보게 될 줄이야."

영상에서 봤던 화타가 양반다리를 한 채로 앉아 있었다.

그는 에단을 보자마자 인상을 썼다.

"자네…… 몸 안에 엄청난 게 있군. 허, 그런 걸 가지고 도대체 어떻게 살아 있는 건가?"

"보이시나 봅니다."

에단이 슬쩍 웃으며 말했다.

"……미안하지만 그건 나도 어떻게 할 수 있는 게 아니군."

"괜찮습니다. 이건 제가 감당할 문제니까요. 그래도 이렇게 만나 뵙게 되니 반갑습니다. 편지를 주셨는데 제가 너무 늦게 확인했습니다."

"아닐세, 지금이라도 나를 구독해 줬으니 이 얼마나 기쁜 일인지. 연자가 지금까지 해 온 업적들이 얼마나 대단한지 내 직접 보았네. 그래서 말인데…….."

"길게 이야기하지 않으셔도 압니다. 더 위로 올라가고 싶으신 그 마음, 제가 함께하고 싶어서 구독을 한 겁니다."

에단의 말에 화타가 미소를 지었다.

"더 많은 이들에게 내 능력을 보여 주고 그들에게 도움을 주고 싶네. 고칠 수 없는 병에 걸려 아파하는 이들에게 내 능력은 큰 도움이 될 테니 말이야."

"영상을 봤습니다. 확실히 좋은 능력이더군요. 특히 그 개복치료술, 엄청난 능력입니다."

화타의 개복술은 실제로 몸을 가르는 게 아니었다.

예전에야 실제로 몸을 갈라 열어 치료를 했지만 현재의 화타는 기를 이용해서 몸속을 가르지 않고도 꿰뚫어 보는 힘을 가지고 있었다.

"제가 도와 드리겠습니다. 지금보다 더 많은 구독자 수와 좋아요 수를 얻으실 수 있을 겁니다. 그 대신 화타 님도 저를 좀 도와주십시오."

"도움이라. 그래, 어떤 도움이 필요한가?"

에단은 항우와 헤라클레스, 그리고 척준경을 구독하면서 각 신들의 능력이 시너지를 일으킨다는 걸 알게 되었다.

'나는 허준을 구독하고 있으니까.'

허준의 능력 역시 화타의 능력과 잘 어우러진다면 엄청난 시너지를 일으킬 터.

"미약하지만 제게도 환자를 치료할 수 있는 기술이 있습니다만. 그걸 한번 봐주십시오. 제가 가진 기술을 화타 님의 능력과 합쳐서 더 높은 경지로 가려 합니다."

에단이 그렇게 말하곤 곧바로 탕약을 하나 만들기 시작했다.

순식간에 탕약 하나를 만들어 낸 에단이 그 탕약을 화타에게 건넸다.

근데 화타의 표정이 좋지 않았다.

"화타 님?"

"이, 이 탕약……."

화타가 떨리는 목소리로 말을 이었다.

"도대체 어떻게 만든 건가?"

그렇게 말하는 화타의 표정엔 경이로움이 가득 차 있었다.

화타는 에단이 만든 탕약을 이리저리 살폈다.

우선 냄새를 맡았고 살짝 맛을 본 후엔 휘휘 흔들면서 탕약의 상태를 확인했다.

"왜 그러시는지요?"

"엄청나군. 이건 엄청난 걸세. 이런 대단한 걸 그 짧은 틈에 만들었다고? 도대체 그걸 어디서 배운 건가?"

화타의 눈이 반짝였다.

"나한테 가르침을 받을 게 아니야."

그러고는 확고한 목소리로 말했다.

"내가 자네에게 배워야겠네. 그 탕약 만드는 기술, 도대체 뭔가!"

처음엔 그저 과한 칭찬이라고만 생각했는데, 화타는 진심으로 묻고 있었다.

"허준 님께 배운 탕약술입니다."

"허준, 분명 그 이름은 알고 있네. 허준이 이 정도로 실력이 좋은 신이었다니, 정말 몰랐네."

화타 또한 신세계의 수많은 신들과 비슷했다.

자신의 실력에 대한 확신이 있기에 다른 신들을 확인하지 않는 것.

그러니 허준이 어느 정도의 실력을 가졌는지 이제야 알게 된 것이다.

계속해서 중얼거리던 화타가 허리춤의 주머니에서 재료를 꺼냈다.

"여기 이 재료들을 줄 테니, 한 번 더 보여 줄 수 있나?"

화타가 아예 자리를 잡고 에단을 관찰했다.

에단은 그런 화타에게 진 허류 탕약술의 진수를 보여 주었다. 동의보감을 공중에 띄워 놓고 두 손을 사용해서 탕약 하나를 만들어 냈다.

'역시 화타야. 이런 재료를 그냥 내줄 줄은.'

화타가 내준 약초는 낙열초라는 물건이었다.

열을 내려 주는 효과를 가진 약초로, 이걸로 탕약을 만들면 화염 내성을 최대치인 100퍼센트까지 올릴 수 있었다.

요컨대 모든 화염 공격에 무적이 되는 탕약을 만들 수 있다는 것이다.

'어쩌면 S등급 이상의 결과물이 나올 수도 있겠는데.'

찰랑.

에단은 진 허류 탕약술을 극성으로 펼쳐 탕약을 만들어 냈다.

저명한 의술의 신 앞에서 부담이 될 법도 했지만 에단은 크게 신경 쓰지 않았다.

이미 수십 차례 이상 아카데미의 강단에 섰던 몸이다. 이런 부담쯤이야 심호흡 한 번이면 사라진다.

**-낙열초 탕약을 만들었습니다!**
**-등급 판정 중…….**
**-낙열초 탕약 [S]**

완성된 낙열초 탕약의 등급은 당연히 S급이었다.

'감각이 조금 달랐어.'

에단은 자신의 손을 바라보았다. 마지막에 아주 조금이

지만 이전과는 다른 감각이 느껴졌다.

지금까지는 느껴 보지 못했던 감각이었다.

'더 좋은 탕약을 만들 수 있을 거 같은데. 딱 한 걸음, 한 걸음만 더 가면……'

"맙소사."

완성된 S등급 탕약을 건네받는 화타의 손이 부르르 떨렸다.

"자네는 이 힘을 모두 이해하고 있는 건가?"

"네, 허준 님의 모든 걸 완벽하게 배운 건 아닙니다만, 적어도 그 본질은 확실히 배웠습니다. 허준 님과 똑같은 결과물을 내진 못하겠지만 부족하지 않게는 낼 수 있습니다."

허준은 지금도 한계를 깨고 더 성장하고 있다. 그러니 허준의 모든 걸 배웠다고 말할 순 없었다.

하지만 허준에게서 침술과 탕약술을 배웠노라고 확실하게 말할 수는 있었다.

에단의 확신 섞인 말을 들은 화타가 짧게 한숨을 내쉬었다.

"이거 참…… 내가 부끄러워지는군. 나는 내 실력에 한 치의 부족한 점도 없다고 생각했네. 하지만 자네의 그 탕약술을 보니 알겠군. 내 생각이 크게 잘못되었어."

창백한 얼굴로 자조하는 화타의 얼굴에 점차 혈색이 돌았다.

씨익-.

화타는 껄껄 소리를 내며 웃었다.

"들끓는군 그래. 신세계에 들어온 보람이 있어."

화타가 허준을 인정하자 에단은 어째선지 묘한 기쁨을 느꼈다.

'허준이 어디 가서 꿇릴 신은 아니니까.'

"남은 합방 시간 동안 내 힘을 전수해 주겠네. 허준의 힘과 내 힘을 함께 사용하고 싶다고 했었지?"

"네. 저는 허준 님의 기술도, 화타 님의 기술도 서로 우열을 가릴 수 없을 만큼 그 수준이 높다고 생각합니다. 그러한 두 기술을 하나로 융합해서 사용한다면 그 수준을 훨씬 높일 수 있겠지요."

화타는 에단에게 감당할 수 있겠느냐고 묻지 않았다.

두 눈으로 직접 에단의 실력을 보았기 때문이었다.

저 정도의 실력을 가졌다면 성공도, 실패도 오롯하게 본인의 몫이다.

"해 보도록 하지."

\* \* \*

"명상을 오래 하는군. 나는 이 정도면 다 나았다고 생각하는데 말이야."

"……선생님은 트로르 님의 상처를 완치시키려고 하시

는 것 같아요."

"완치라."

트로르는 사실 이 정도로도 충분히 만족했다.

지긋지긋한 고통도 사라졌고 낙인의 균열도 사라진 상태였다.

게다가 몸을 휘감고 있던 불쾌한 기운들도 완전히 사라졌으니, 본래 자신의 힘도 얼마든지 끌어낼 수 있게 되었다.

물론 몸 내부는 아직까지 회복이 덜 됐지만 이건 시간문제일 뿐.

워낙 좋은 약을 먹어서 그런지 몸 상태가 좋아지는 게 실시간으로 체감될 지경이었다.

"사실 난 지금 이 정도로도 만족하는데 말이야."

그때.

에단이 번뜩 눈을 떴다.

"트로르, 준비가 끝났다."

"좋은 생각이라도 난 건가?"

"그래, 아주 좋은 생각이 났어."

에단이 확신에 찬 목소리로 말하자, 트로르는 자신도 모르게 기대감을 품게 되었다.

얼마 전까지만 해도 이 낙인에 잡아먹혀 평생 힘을 회복할 수 없을 거라 생각하며 절망하고 있었다.

그런데 이젠 그때의 절망감이 조금도 떠오르지 않았다.

에단의 말을 따른다면 정말 이 낙인의 마수에서 완전히 벗어날 수 있을 것 같다는 생각만 들었다.

"내가 정말…… 완전히 나을 수 있는 건가?"

"어중간하게 남겨 둘 거라면 시작도 하지 않았을 거야. 걱정 말고 날 믿도록."

그 말에 트로르가 고개를 끄덕였다.

"손."

에단의 말에 다시 트로르가 손을 내밀었다.

**-진맥을 사용합니다.**
**-체질을 분석했습니다.**
**-체질 : 소음인**

"음."

정령왕 트로르는 소음인이었다. 물론 인간은 아니니까 소음 정령 정도로 보면 됐다.

에단은 잠시 머릿속으로 생각하고는 몇 가지 재료를 꺼냈다.

"좋은 냄새가 나는군."

아까 에단이 포션을 만들 때도 그랬지만 그가 꺼내는 재료들은 하나같이 냄새가 굉장히 좋았다.

좋은 재료라는 걸 냄새만으로 알 수 있을 정도였다.

트로르는 땅의 정령왕이기에 약초의 냄새와 기운들을

유독 강하게 느낄 수 있었다.

"뭔가 다른데요."

로안나가 살짝 눈을 가늘게 뜨며 말했다.

"다르다고?"

"네, 확실히 달라요. 아까 포션을 만드실 때와는 뭔가 달라요."

트로르가 보기엔 똑같아 보였지만 로안나에게는 분명 다른 점이 보였다.

특히 저 흐릿한 마나의 흐름이 달랐다.

"명상으로 뭔가를 깨달은 건가?"

휙-.

에단은 한없이 집중하고 있었다.

조금이라도 집중이 흐트러지면 화타와의 합방에서 얻었던 걸 전부 다 잃을 것만 같았기 때문이었다.

'너무 어려워. 허준과 화타는 비슷한 치료 방법을 사용하지만 결코 쉽게 융합시킬 수는 없다.'

때문에 에단은 두 신의 능력에서 버릴 부분은 버리고 합칠 부분은 합쳤다.

'탕약을 만드는 것.'

다른 건 제쳐 두고 오롯이 탕약술에 집중했다. 탕약은 분명 융합할 수 있는 부분이 있었다.

'낙열초 탕약을 만들 때. 그때 뭔가 느낌이 달랐어.'

허준, 이제마, 화타.

이 세 의신의 기술을 한데 모아서.
'탕약을 만든다!'
띠링-!

-썬드레이크 탕약을 만들었습니다!
-등급 판정 중……
-썬드레이크 탕약 [S+]

지금껏 도달해 보지 못했던 경지였다.
'됐다.'
S급을 뛰어 넘은 S+등급.
에단은 만족스럽다는 표정으로 후, 하고 호흡을 내뱉었다.

-업적을 달성하셨습니다!
-[S+] 업적 달성에 따라 좋아요를 획득했습니다.
-좋아요를 '7'만큼 얻었습니다!

업적까지 달성한 에단은 곧장 만들어진 썬드레이크 탕약을 한 차례 휘저어 트로르에게 건넸다.
"이건…… 엄청나군! 아까 만들었던 것보다 훨씬 더 대단한 포션이야!"
트로르는 바로 탕약을 들이켰다.

"집중해. 이제 완전하게 그 낙인을 없앨 거니까."

심호흡을 한 에단이 곧바로 트로르의 옆구리에 침을 꽂았다.

푹푹푹-!

"응?"

트로르가 의아한 표정으로 에단을 바라보았다.

아까 침을 맞았기에 그 느낌은 확실히 기억하고 있다. 그런데 지금 이 침은 뭔가 달랐다.

도대체 그 짧은 명상 동안 에단에게 무슨 일이 있었던 것인가.

"기운이 억눌러질 거야. 자연스럽게 받아들이면 돼."

에단은 사상 의학이 가미된 진 허류 침술을 사용했다.

그러자 트로르가 가지고 있던 강력한 땅의 기운이 순간적으로 미약해지기 시작했다.

쿠구국-.

그에 따라 몸 깊숙한 곳에 자리 잡고 있었던 추방의 낙인이 다시 그 기세를 드러내기 시작했다.

"윽."

트로르가 살짝 인상을 썼다.

부글부글-.

다 나았다고 생각했던 옆구리에 다시금 검은 기운이 스멀스멀 올라오기 시작했다.

에단은 그걸 놓치지 않았다.

검지와 중지를 펼쳐 검은 기운을 마치 사로잡듯 손을 대며 곧바로 스킬을 사용했다.

**-화타개복치료술을 사용합니다.**

샤아아악-!
순간 트로르의 옆구리에서 강력한 기운이 퍼져 나왔다.
"!"
트로르가 크게 놀라 에단을 바라보았다. 눈에 보이진 않았지만 에단이 뭔가 하고 있다는 건 알 수 있었다.
에단 역시 처음 사용한 화타개복치료술에 감탄하고 있었다.
'대단하군.'
마치 개복해서 보는 것처럼 트로르의 옆구리 안쪽이 훤히 보였다.
물론 진짜 몸 안의 모든 것이 보이는 건 아니었다.
하지만 그 안에 스며들어 있는 기운들은 두 눈에 확연하게 보였다.
'트로르의 기운은 짙은 황토색이다.'
눈에 보이는 기운의 대부분이 트로르의 기운이었다. 우선적으로 침술과 탕약을 통해 트로르의 기운을 북돋아 줬기 때문이었다.

스윽-.
 그러나 그것도 잠시.
 에단이 놓은 침의 영향으로 억제된 황토색 기운이 점차 옅어지기 시작했다.

**-호루스의 눈이 활성화됩니다.**

 에단은 눈에 힘을 주었다.
 트로르의 황토색 기운 사이에 꿈틀거리고 있을 다른 기운을 찾기 위함이었다.
 '찾았다!'
 쑥-.
 트로르의 기운 사이로 에단이 손을 집어넣었다.
 "커헉!"
 트로르가 순간 고통스러운 듯 신음을 내뱉었다.
 하지만 에단은 멈추지 않았다. 기운을 헤집으며 안으로 도망치려 드는 기운을 손으로 잡아챘다.
 콱-!
 순간 에단의 손에 붙잡힌 검은 기운이 손을 타고 올라오려 들었다.
 "어딜."
 에단은 검은 기운을 붙잡은 손에 힘을 주었다.

-치료 확인 : 추방의 낙인
-제거할 수 있습니다.

잡아 뜯듯 자신의 쪽으로 당겨 그대로 검은 기운을 찢어발겼다.

-[추방의 낙인]을 완전히 제거했습니다.
-화타개복치료술의 숙련도가 오릅니다!

"후욱…… 후욱……."
에단이 추방의 낙인을 완전하게 치료하고 물러서자 거친 숨을 몰아쉬던 트로르가 천천히 몸을 일으켰다.
"어떤가?"
트로르는 옆구리에 손을 가져다 댔다.
"……아무것도 없어. 아무것도 느껴지지 않아."
샤아아아악-!
순간적으로 트로르의 기운이 강해지기 시작했다. 동시에 트로르의 입꼬리가 스르륵 올라갔다.
자신도 모르게 미소가 흘러나왔다.
"완치됐어."
확실히 느낄 수 있었다. 완치였다.
자신의 몸속에 있었던 추방의 낙인이 아예 사라졌다.
미소 짓던 트로르의 눈이 곧 새빨개졌다.

"고맙네."

트로르가 진심을 다해 고마움을 표했다.

-퀘스트를 클리어하셨습니다!
-압도적인 결과입니다!
-완벽하게 퀘스트를 클리어하였습니다. 추가 보상을 받습니다!
-명성이 상승합니다!
-업적을 달성하셨습니다!
-[퀘스트 헌터] 업적 달성에 따라 좋아요를 획득했습니다.
-좋아요를 '7'만큼 얻었습니다!
-완벽한 결과에 따라 퀘스트 보상이 강화되었습니다.
-영웅급 보상을 얻을 수 있습니다.

'영웅급 보상?'

에단의 눈이 크게 뜨였다.

영웅급 보상이라는 알림 메시지에 에단은 빠르게 보상부터 확인했다.

지금껏 에단이 받아 왔던 보상들은 이 영웅급 보상보다 한 등급 아래의 보상들이었다.

'그래도 퀘스트를 완벽하게 클리어해서 강화된 보상들이었으니 영웅급 보상에 근접했을 테지만, 기본적으론 영웅급 보상보다는 낮은 보상들이었지.'

하지만 이건 명확한 영웅급 보상이었다. 등급별로 따지자면 꽤나 상위 등급의 보상이었다.

'게다가 이건 강화된 영웅급 보상이지.'

그렇다면 이 보상이 얼마나 대단할까.

에단은 절로 미소가 나왔다.

"에단 휘커스, 나는 절대로 이 일을 잊지 않겠네. 설마하니 내 상처를 이렇게 완벽하게 치료해 주리라고는 꿈에도 생각하지 못했어."

트로르가 에단에게 다가왔다.

추방의 낙인에서 완전히 해방된 트로르는 처음 봤을 때보다 훨씬 더 강한 기운을 내뿜고 있었다.

자연의 기운 중에서도 가장 든든하다는 땅의 기운이었다.

"이건 내 성의일세. 거절은 거절하겠네."

**-땅의 정령왕 트로르로부터 강화된 영웅급 보상을 받을 수 있습니다!**

**[정령왕의 망치 S+]**

**[정령왕의 목걸이 S+]**

**[정령왕의 수호석 S+]**

무려 세 개의 S+급 아이템들이었다.

S+급의 아이템을 보상으로 준다는 것도 놀라웠지만

진짜 중요한 건 가장 마지막이었다.

'설마.'

에단의 눈길이 세 번째에서 멈췄다.

정령왕의 수호석.

설마하니 이 정령왕의 수호석이 보상으로 나올 줄은 몰랐다.

에단은 눈을 의심했다.

'수호석을 준다고?'

수호석은 정령에게서 얻을 수 있는 최고의 아이템이었다.

효과가 굉장히 뛰어나지만 정령들이 이 수호석을 쉽게 주려 하지 않았기 때문에 수호석을 얻기 위해 다들 엄청난 고생을 했었다.

'사실 나도 제대로 된 건 얻어 본 적이 없다고.'

수없이 많은 정령들과 좋은 관계를 맺고 신뢰를 쌓아 가며 정령력을 상당한 수치까지 올렸었지만, 수호석을 얻는 건 여간 어려운 일이 아니었다.

'딱 한 번밖에 얻어 본 적이 없어.'

얻어 봤던 건 초급 정령의 수호석이었다. 수호석 중에서도 가장 하위의 수호석이었지만, 이 초급 수호석조차 얻지 못하는 이들이 대다수였다.

'초급 정령의 힘이 담겨 있는데도 꽤 쓸 만했지.'

수호석은 그만큼 대단한 가치를 가지고 있었다.

그래서 망설이지 않고 곧바로 수호석을 선택했다.

**-정령왕의 수호석을 받았습니다!**

에단의 손에 오각형의 황토색 보석이 떨어지더니 그대로 몸에 흡수되었다.
샤아아아악-!
흡수된 보석에서 강렬한 기운이 느껴졌다.

**-특성이 추가되었습니다!**
**-정령왕의 수호석 특성이 추가되었습니다!**
《《특성 : 정령왕의 수호석 - 마법 보호 효과를 받습니다. 마법 대미지를 40퍼센트 경감시킵니다. 땅의 힘으로 모든 스탯이 5만큼 상승합니다.》》

기대한 만큼 효과는 확실했다.
무려 마법 대미지를 40퍼센트나 경감시켜 주는 효과였다.
'이런 미친.'
엄청난 효과였다.
'막말로 9서클 마법을 맞더라도 반 가까이 약해진다는 거 아니야?'
헬파이어 같은 엄청난 마법을 맞더라도 그 위력의 60

퍼센트밖에 들어오지 않는다는 뜻이었다.

 단순 수치만으로 계산해 보더라도 정령왕의 수호석이 얼마나 대단한 능력을 가진 건지 짐작할 수 있었다.

 에단은 흐뭇하게 웃었다.

 '완치시킨 보람이 있어. 영웅급 강화 보상, 확실히 좋군.'

 거기에 추가로 모든 스탯이 5만큼 상승하는 것도 엄청난 효과였다.

 "약속을 지켰으니 나도 확실하게 약속을 지키도록 하지. 그리고 말이야. 이건 그 약속을 다 지킨다 해도 너무 많이 남아. 거스름돈을 줘야 할 정도로."

**-정령력이 크게 상승합니다!**
**-계약 정령의 신뢰도가 100퍼센트가 되었습니다.**

 신뢰도가 100퍼센트에 도달했다는 건 정령이 계약자의 명령을 절대로 거부하지 않게 됐다는 의미였다.

 '신뢰도에 따라서 정령력이 오르는 양도 달라지니까.'

 시간이 지날수록 트로르의 힘을 더욱 적극적으로 사용할 수 있다는 뜻이었다.

 '물론 트로르를 직접 소환하는 일은 적겠지만 말이야.'

 에단은 이 트로르를 프로체슈트와 휘커스 영지를 연결하는 강력한 연결 고리로 만들 생각이었다.

'프로체슈트가 절대 배신하는 일은 없을 테지만, 그래도 만약이란 게 있거든.'

삶은 원하는 대로만 흘러가지 않는다. 완벽해 보이는 일에도 언제나 허점은 있는 법.

"부탁할 게 있다면 망설이지 말고 말해 다오."

"그래, 그럼 그 거스름돈은 차차 정산을 해 보자고."

트로르는 여러모로 활용도가 높은 존재. 이렇게 의욕적으로 나오면 이쪽이야 좋다.

"선생님, 정말 많이 배웠어요."

로안나가 눈을 반짝였다.

"심화 학습 수업, 정말 감사드려요. 다음 학기에 정말 제대로 한번 해 볼게요."

로안나 또한 이번 퀘스트로 급성장했다.

'덕분에 여기까지 오는 데 어렵지가 않았어.'

이 정도로 성장했으니 2학기의 메인 이벤트인 아카데미 교류제에서 압도적인 성과를 보여 줄 게 분명했다.

동시에 다른 아이들이 떠올랐다.

'아이들이 잘하고 있을지 궁금해지네.'

유나와 론, 그리고 메이슨.

'아카데미 교류제는 만만하지 않다고. 지금 그 실력들로는 절대 우승하지 못해.'

에단이 생각하는 수준까지 실력을 올려야 했다.

"여기서 더 있을 필요는 없겠지. 바로 프로체슈트로 돌아가자고."

"잠시 기다려 줘."

문을 열려는 트로르를 에단이 잠시 막았다.

"이제 막 치료가 됐으니 잠시 쉬고 있으라고. 로안나, 너도 긴장을 많이 했을 텐데, 잠시 쉬도록."

에단은 둘에게 휴식을 권하고는 곧바로 자신의 몸에 진맥을 사용했다.

'화타는 내 몸에 있는 절멸증을 치료할 수 없다고 했지만. 이 시점에서 직접 확인해 보는 것도 나쁘지 않지.'

-진맥을 사용합니다.
-체질을 분석했습니다.
-체질 : 태양인

에단의 체질은 태양인이었다.

'혹시 절멸증을 고칠 수 있을지도 몰라.'

슉슉-.

에단은 심장 부근에 침을 꽂았다. 그러고는 곧바로 화타개복치료술을 사용했다.

'이런.'

하지만 본인에게 사용하는 건 굉장히 어려운 일이었다.

화타개복치료술을 사용하면서 에단의 기운이 계속해서 움직이는 데다가 허류 침술로 기운을 억제해 두니 원활하게 손을 움직이기가 어려웠다.

'문제는 그게 아냐. 아예 느껴지지가 않아.'

절멸증의 기운이 아예 느껴지질 않았다.

'역시 쉽게 치료할 수 있을 리가 없지.'

괜히 저주의 왕이 아닌 것이다.

'치료 기술을 배우면 배울수록 이 절멸증이 얼마나 대단한지만 알게 되는군.'

만약 에단이 이 절멸증에 대해서 모르고 있었다면 얼마나 절망했을까.

'알고 있어서 다행이지.'

아예 모르고 시작했다면 정신적으로 더 힘들었을 것이다.

'그래도 침술과 탕약술을 한층 더 잘 사용하게 됐으니, 일단 그 정도로 만족해야겠지.'

따지고 보자면 절멸증보다 수준이 낮은 병이나 저주 정도는 얼마든지 치료할 수 있다는 뜻 아니겠는가.

'마계 대공이 모든 힘을 바쳐 걸었던 낙인까지 풀고 회복시켰으니까.'

아쉽지만 에단은 우선 이 정도에서 만족하기로 했다.

"다 됐어. 이제 돌아가자고."

에단의 말에 곧장 트로르가 문을 열었다.

그러나 그때.

쿠구구구궁-!

굉음이 들리기 시작했다.

"뭐지?"

여기서 굉음이 들릴 리가 없는데.

당황한 트로르가 옆쪽을 바라보았다.

"저건……."

트로르의 눈에 공포가 서렸다.

쩌적-. 쩌저저적-!

갑자기 나타난 균열이 부서지고 있었다.

심지어 그 형태가 트로르의 옆구리에 있던 것과 비슷했다.

에단이 인상을 썼다.

'뭐지? 이런 이벤트는 없었는데?'

지금껏 한 번도 경험해 보지 못한 이벤트였다.

콰가가가강-!

더 거세진 굉음과 함께 균열에서 팔이 쑥 튀어 나왔다. 이윽고 머리와 몸체가 완전하게 균열 밖으로 빠져나왔다.

"꽤 오래 숨어 있었군, 트로르."

찢어진 균열 너머에서 나온 건 거대한 뿔이 달린 악마였다.

트로르는 혀를 찼다.

어째서 지금 이 타이밍에 저 마계 대공이 찾아온 것인가.

"어떻게……."

그렇게 말함과 동시에 이곳이 지금 에단과 로안나 때문

에 흔들린 상태라는 걸 깨달았다.

"지금껏 틈을 노리고…… 있었단 말이냐."

그 말에 온전히 몸을 빼낸 마계 대공이 이를 드러내며 비릿한 웃음을 지었다.

"절대 못 찾을 거라 생각했나? 그러니 이렇게 도망치기도 어려운 곳에 숨어 있었던 것일 테고. 하지만 봐라, 결국 찾아냈지. 언제나 내 눈은 빌어먹을 네놈을 향하고 있었거든."

마계 대공이 히죽 웃으며 말했다. 그 미소와 함께 이마에 눈이 하나 더 뜨였다.

슥-. 슥-. 슥-.

콰가각-!

마계 대공은 혼자 온 게 아니었다. 균열이 한층 퍼지더니 초록빛 가득한 공간에 새카만 놈들이 하나둘 나타나기 시작했다.

"……선생님."

로안나는 애써 떨리는 마음을 가라앉히며 에단을 불렀다.

그러나 그녀는 굉장히 불안한 상태였다. 저 악마들에게서 뿜어져 나오는 기운은 학생인 로안나가 버틸 수 있을 만한 게 아니었다.

"미안하네, 이건 다 내 잘못이야."

트로르는 혀를 찼다. 이건 어찌할 수 없는 상황이었다.

"내가 어떻게든 해 볼 테니 도망치……."

"도망치는 건 이미 늦었지. 출구가 다 막혔는데."

이곳은 정령계에 가까운 공간. 에단의 풍운도 먹히지 않는 곳이다.

에단의 말에 트로르가 후, 하고 한숨을 내쉬었다.

"방법이 아예 없는 건 아니다."

트로르는 준비성이 좋은 정령왕이었다.

이 정도로 심각한 사건이 터질 거라고는 생각하지 못했지만, 그래도 어느 정도 만일에 대한 대비는 해 두었다.

"계약을 맺은 지 하루도 되지 않아 이렇게 되어 참으로 유감이다만, 너 정도의 인간이라면 얼마든지 다른 엄청난 정령과도 계약을 맺을 수 있을 거다."

트로르가 딱, 하고 손가락을 튕겼다. 그러자 그 자리 밑에 마법진이 활성화되었다.

"고마웠다."

에단은 마법진을 보았다. 아마도 이건 여기서 트로르가 계속 활성화시키고 있어야 하는 마법진으로 보였다.

"선생님."

"눈물겹군. 그사이에 새로운 계약자를 만들었나? 걱정 말도록. 깔끔하게 전부 다 죽여 줄 테니까."

마계 대공이 손짓하자 순식간에 악마들의 숫자가 늘어나기 시작했다. 언뜻 보더라도 일백이 넘는 숫자였다.

"인간들, 너희 둘은 친히 내 노예로 삼아 주겠노라."

"빨리 가!"

트로르가 에단을 마법진에 밀어 넣으려 들었다. 하지만 에단은 그런 트로르의 손을 탁, 하고 쳤다. 그러고는 그대로 마법진을 흐트러뜨렸다.

"무, 무슨 짓을!"

"트로르. 지금부터 네가 해야 할 건 딱 한 가지야."

에단이 뒤돌아섰다.

거대한 덩치의 마계 대공과 악마들, 그리고 살아 있는 시체들과 에단이 맞서게 되었다.

누가 보더라도 승패는 명확했다.

"무슨 일이 있어도 로안나를 지키도록. 자그마한 상처라도 나면 안 돼."

에단이 말했다.

"그거면 돼. 나머지는……."

샤악-.

그렇게 말하곤 검을 뽑아 들었다.

한쪽 손에는 서리검을, 그리고 다른 한 손에는 천뢰검을 들었다.

서리검 레아와 천뢰검 이미르가 공명하기 시작했다.

에단을 중심으로 일대에 서리가 퍼지기 시작했다.

파지지지직-!

"내가 다 처리할 테니까."

# 4장

## 4장

"혼자서 다 처리하겠다고? 자그마한 인간이여, 저 나약한 정령왕과 함께 싸워도 모자랄 텐데, 너 홀로 싸우겠다는 말이냐?"

마계 대공이 어이가 없다는 듯 물었다.

"충분해."

에단의 말에 마계 대공은 크게 웃었다.

"와하하하핫-! 고작 인간 하나가 혼자서 이 모든 수를 상대하겠다고? 여길 보아라."

일백을 훌쩍 넘는 수의 악마들이 흉포한 기운을 내뿜고 있었다.

엄청난 압박감이었다. 정령왕의 뒤에 숨은 로안나가 두려움에 몸을 떨 만큼 강력한 악마들이었다.

고위 악마 중에서도 꽤 높은 위치에 있는 마계 대공이 직접 이끌고 온 놈들이니 오죽할까.

"그럼 어디 한번 상대해 보아라."

에단은 악마들을 보았다.

12사도 루나 스피릿과 싸운 이후로 에단은 여러모로 수련을 했다.

마음가짐 자체를 바꾼 것이다.

'살아남기 위해서 강해지는 게 아니야.'

강해져서 살아남는다. 끝까지.

"결사항전."

**-영역 선포.**
**-영역 내의 적을 셉니다.**
**-적의 숫자만큼 강해집니다!**

자신을 제외한 모든 이를 적으로 상정하는 척준경의 결사항전이 시전되었다.

'몸이 가벼워졌어.'

에단은 차분히 호흡했다.

"후욱."

**-불멸 영웅의 호흡을 시전합니다!**
**-오행침법으로 인해 온몸에 힘이 넘칩니다!**

에단이 강하게 땅을 밟았다.

순간적으로 모든 악마의 움직임이 호루스의 눈에 포착되었다.

**-불릿 타임이 시전됩니다.**

한없이 느려진 시간 속에서 에단은 가장 먼저 마계 대공을 노렸다. 이들을 이끄는 마계 대공을 처리하면 나머지는 그저 오합지졸 잔챙이들이 된다.

크르르륵-!

느려진 시간 속에서도 에단의 움직임을 막아 내려는 악마들이 있었다.

그러나 악마들의 공격은 에단에게 닿지 못했다.

**-어스 슬라이드를 시전합니다.**

어스 슬라이드와 동시에 번개의 힘을 사용했다.

파지직-!

"!"

에단은 자신도 놀랄 만큼 빠른 속도로 마계 대공의 앞에 도달했다. 이 자리에 있는 그 누구도 에단의 움직임을 파악하지 못했다.

"충분하다고 했지?"

놀란 눈으로 에단을 바라보며 뒤로 물러나려는 마계 대공을 향해 에단이 검을 휘둘렀다.

서리와 번개의 힘을 담아.

**에단 검술 3식.**
**만뢰서리격.**

콰드득-!

미처 도망치지 못한 마계 대공이 두 손을 교차해 검을 막아 내려 했으나, 작정하고 모든 능력을 발동시킨 에단의 일격을 막지 못했다.

-일격필살!
-상위의 존재를 일격에 베어 냈습니다!
-업적을 달성하셨습니다!
-[일도양단] 업적 달성에 따라 좋아요를 획득했습니다.
-좋아요를 '5'만큼 얻었습니다!
-돌발 퀘스트를 클리어하셨습니다!
-모든 스탯이 영구적으로 1만큼 증가합니다!

에단을 제외한 그 누구도 무슨 일이 벌어졌는지 제대로 파악하지 못했다.

죽은 마계 대공도 순식간에 코앞까지 도달한 에단의 모

습만 봤지, 아마 자신이 죽을 거라고는 아예 생각조차 못 했을 것이다.

그만큼 에단의 일격은 위력적이었다.

"그, 그륵, 대, 대공이시여."

"대공께서……."

"대공께서…… 도, 돌아가셨다."

가장 당황한 건 악마들이었다. 마계 대공이 그대로 절명하자 그 자리에 석상처럼 굳어 제대로 움직이지 못했다.

몇몇 악마들은 에단이 내뿜는 기세에 뒷걸음질까지 칠 지경이었다.

"말도 안 돼…… 저 마계 대공을, 도대체 어떻게?"

트로르는 입을 쩍 벌렸다.

정말 말도 안 되는 일이었다. 특히 트로르는 그 예전 직접 마계 대공과 싸워 봤기에 놈의 힘을 잘 알았다.

모든 힘을 다해 간신히 마계로 되돌려 보내는 데 그칠 정도였으니, 만약 조금이라도 틀어졌다면 역으로 트로르 본인이 죽었을 거란 생각이 들 정도로 마계 대공의 힘은 엄청났다.

그런 마계 대공을 일격에 죽이다니.

"도대체……."

게다가 마법이 아니었다.

눈에 보이지 않을 정도로 빠르게 움직여 단칼에 베어 냈다.

"역시, 역시 선생님이셔."

로안나는 두 주먹을 꽉 쥐고 에단을 응원했다. 역시 선생님이었다.

"저, 정말 검사였다고? 마법이 아니라 검으로 마계 대공을 죽일 수 있을 정도로 실력이 뛰어나다니…… 이게 어떻게 된……."

불신 가득한 눈으로 중얼거리는 트로르에게, 로안나가 자랑스러운 표정으로 답했다.

"제가 말씀 드렸잖아요."

"그 정도 마법 실력에 검술까지 저 정도라니…… 인간이 저럴 수가 있나? 혹시 보기보다 나이가 많나? 인간 중엔 진짜 나이에 비해 굉장히 나이가 어려 보이는 개체도 있다고 들었다. 만약 그런 개체라면 그래, 저런 실력도 가능하지. 만약 그가 50년, 아니, 70년 정도 살았다면 저 정도 실력은 당연히……."

"20대이실 거예요."

"오, 정령신이시여."

트로르가 고개를 절레절레 저었다.

한편, 악마들은 예상치 못한 상황에 당황해 어쩔 줄 몰랐다.

악마들은 힘을 숭배하는 이들이다.

이들 중에서 가장 강했던 건 마계 대공이었으니. 그 마계 대공을 단칼에 죽인 에단에게 그 기세가 짓눌려 버린 것이다.

'어스 슬라이드, 이건 연습이 더 필요하겠어.'

일직선으로 움직일 때 몸 안의 번개와 함께 정말 빠르게 움직일 수 있었다.

'속도를 100퍼센트까지 끌어내지 못했어. 컨트롤하지 못할까 봐 무의식적으로 자제한 거야.'

그럼에도 빨랐다. 12사도와 싸웠을 때보다도 훨씬 더.

그러니 마계 대공이 가까스로 반응만 했지, 제대로 막지도 못하고 죽어 버린 것이다.

"후우욱."

불멸 영웅의 호흡과 역발산의 시너지도 좋았다.

"이제 슬슬 뭔가 되어 가는 느낌이야."

지금까지 쌓아 올린 것들을 이제야 제대로 사용할 수 있게 됐다는 느낌이 들었다.

그사이 악마들은 혼란을 가라앉히고 분노를 터뜨리기 시작했다.

"빌어먹을 인간 놈!"

"대공께서 너 같은 인간에게······!"

"적어도 네 팔 하나는 가져가 주마!"

악마들은 에단을 이길 수 있을 거라고는 생각하지 않았다.

마계 대공이 그렇게 허무하게 죽었으니 당연했다.

하지만 그렇다고 등을 보이고 도망칠 순 없었다.

목숨까지 내던져 가며 에단에게 덤벼드는 악마들.

하지만 일백이 넘는 악마들 중 어느 하나 에단에게 닿지 못했다.

쾅-!

트로르의 흙벽이 자동적으로 솟구치며 악마들의 공격을 막아 낸 것이다.

콰아앙-!

그러나 트로르의 흙벽도 그리 오래 버티진 못했다.

'이 정도군.'

**-흙벽이 파괴되었습니다.**
**-5분간 흙벽을 사용할 수 없습니다.**

'재충전까진 5분인가.'

"네놈의 팔, 가져가마!"

악마들은 아예 방어를 도외시하고 공격을 내질렀다.

그런 악마들을 상대로 에단 또한 방어하지 않고 공격을 내질렀다.

서걱-!

콰앙-!

에단의 검이 악마들을 단숨에 갈랐다. 동시에 악마들의 공격 또한 에단에게 닿았으나 아무런 피해도 주지 못했다.

**-만인지적이 피해를 흡수합니다!**

"이, 이게 무슨!"
"어째서 우리의 공격이 먹히질 않는 거냐!"
목숨을 내던져 가며 내지른 공격이었다.
에단이 피하지 않으니 오만한 인간이라 생각하며 모든 힘을 다해 무기를 휘둘렀다.
그러나 에단의 털끝 하나 건드리지 못했다.
"좀 더 강하게 휘둘러야 먹히지."
에단의 도발에 악마들의 표정이 새파랗게 질렸다.
'지금까진 만인지적을 제대로 이용하지 못했어.'
본래의 만인지적은 단순히 피해를 흡수하는 기술이 아니었다.
'본래 만인지적은 흡수했다 방출하기까지가 하나라고.'
하지만 워낙 위에 있는 강자들만 만나다 보니 흡수한 힘을 제대로 방출하지 못하고 기회를 날리는 일이 잦았다.
지금에 이르기까지 그 대단한 능력을 고작 절반만 사용하고 있었던 것이다.
하지만 이젠 만인지적의 온전한 힘을 끌어낼 수 있다.
진짜는 이렇게 사용하는 것이다.
'지금!'
에단은 정확한 타이밍에 쌓인 흡수한 힘을 방출했다.

콰아아아앙-!

순간적으로 흡수했던 힘이 방출되자 악마들이 강력한 힘의 파동에 떠밀리듯 뒤로 쓰러졌다.

에단을 둘러싼 악마들의 진형이 무너지자 에단이 거칠게 검을 휘둘렀다.

서-걱!

한번 검을 휘두를 때마다 상당한 수의 악마가 쓰러졌다.

악마들은 죽음을 각오하고 에단에게 덤벼들었지만 부질없었다.

달려드는 악마마다 일격을 버티지 못하고 쓰러졌다.

새하얀 서리가 퍼져 나갔고, 천벌이 내린 것처럼 번개가 흩뿌려졌다.

"거리를 벌려라!"

근접 공격이 먹히지 않는다는 걸 깨달은 악마들은 거리를 벌렸다. 그러고는 각자의 마력을 모으기 시작했다.

"절명의 저주."

남은 악마들이 마력을 끌어내 사용한 건 상대를 순식간에 압박하여 죽음에 이르게 하는 저주였다.

정신 공격과 육체 공격을 한 번에 할 수 있는 흑마법 계열의 고위 마법이었다.

콱-!

에단의 몸에 피할 수 없는 화살이 꽂혔다.

"빌어먹을 놈."

"지금이다! 놈을 공격한다!"

절명의 저주는 분명 강력한 흑마법이나 마계 대공을 단숨에 죽인 에단을 죽일 수 있을 리는 없다.

하지만 잠깐이나마 묶어 놓을 순 있을 거라 생각했다.

악마들이 다시금 에단에게 쇄도했다.

"아, 아니다! 후, 후퇴해야……."

에단에게 가까이 달려들던 악마가 뭔가 이상함을 깨달았다.

절명의 저주로 죽이진 못하더라도 그 영향으로 잠깐이나마 쇠약해져야 할 인간이 멀쩡했기 때문이었다.

**-강대한 저주가 당신을 덮칩니다!**
**-절멸증이 저주를 삼켰습니다.**

"나한텐 더 큰 저주가 있다. 어지간한 걸론 안 돼."

에단이 씩 웃으며 가까이 다가온 악마들에게 검을 휘둘렀다.

서-걱!

또 악마들이 썰려 나갔다.

극에 이른 에단 검술에 불멸 영웅의 호흡이 섞이니 위력과 속도가 압도적이었다.

"인페르노를 쏴라!"

화르르륵-!

이번엔 인페르노였다. 6서클의 강력한 마법인 인페르노가 악마들의 손에서 뿜어져 나왔다.

새빨갛고 새카만 불길의 파도.

각자 도달한 수준에 따라 인페르노의 위력이 달랐다.

에단의 주변이 강렬한 불길로 가득 찼다.

보고 있던 트로르와 로안나가 순간 불안감을 느낄 정도로 강력한 불길이었다.

화르르르륵-!

하늘 높이 솟구치는 불길을 보며 악마들은 그제야 저 인간에게 치명적인 피해를 입혔다고 생각했다.

"한 번 더! 놈에게 인페르노가 먹힌다!"

"다크 인페르노로 다시 쏴라!"

그러나 순간 불길이 크게 흔들렸다.

"!"

**-미식가 특성이 발동되었습니다.**
**-수호석의 힘으로 피해가 경감됩니다.**

에단이 상처 하나 없이 불길 속에서 걸어 나왔다.

그 모습에 악마들이 뒷걸음질을 쳤다. 분명 이번에야말로 통했다고 생각했건만.

"저자는 대체……."

"흡!"

에단은 불길에 휩싸인 채로 스텝을 밟으며 쇄도했다.

"하나."

왼쪽 위에서 오른쪽 아래로.

"둘."

오른쪽 위에서 왼쪽 아래로.

그렇게 끊임없이 악마를 베어 나갔다.

"후욱, 후욱."

에단이 거칠게 숨을 몰아쉬었다. 어느새 남은 악마는 딱 열 마리뿐이었다.

"이, 이게…… 이게 가당키나 한 일이냐."

"네놈! 정말 인간이란 말이냐!"

악마들의 목소리가 떨렸다.

악마의 피를 뒤집어 쓴 에단과 벌벌 떠는 악마들. 완전히 형세가 뒤바뀐 상태였다.

에단이 가진 특유의 눈빛과 이 상황이 맞물리니 악마들조차 기겁할 정도로 그 모습이 섬뜩했다.

"인간인지 인간이 아닌지, 그게 중요한가?"

에단이 말했다.

"중요한 건 너희들이 여기서 한 마리도 살아 돌아가지 못할 거라는 거다. 입구를 막으면서 좋아했겠지. 여기에 우리를 가둬 놨다고 말이야."

에단은 그대로 땅을 박차며 쇄도했다.

"하지만 갇힌 건 너희들이야."

\* \* \*

-업적을 달성하셨습니다!
-[악마 사냥꾼] 업적 달성에 따라 좋아요를 획득했습니다.
-좋아요를 '5'만큼 얻었습니다!

모든 악마들을 쓰러뜨린 에단이 깊게 심호흡했다.
'12사도와 싸웠을 때보다 훨씬 더 강해졌어.'
확실하게 느낄 수 있었다. 이 정도면 다른 사도들과 싸우더라도 그리 밀리진 않을 것이다.
'물론 무조건 이길 수 있다고 할 수도 없지만 말이야.'
적어도 최상위의 사도 셋을 제외하면 그 아래의 사도 중에 위험한 자는 없을 거라는 확신이 들었다.
'이 정도면 십이성 가문의 강자들과도 해볼 만하겠어.'
이제야 출발선에 섰다. 메인이벤트에서 주도권을 쥘 수 있을 만한 힘이 생겼으니, 이대로 확실하게 진행을 하면 된다.
"꽤 지치는군."
에단이 비틀거리며 품에서 탕약을 꺼내 쭉 들이켰다. 이어서 허리와 어깨, 정수리에 침을 꽂으며 지친 몸을 회복시켰다.

"……믿기질 않는군."

"왜? 너도 내가 인간처럼 안 보이나, 트로르?"

"그게 아니라, 어떻게 네가 검사란 말이냐, 에단 휘커스?"

"……?"

"너는 마법사여야 한다……."

트로르가 크윽, 하고 혀를 찼다.

트로르의 뜬금없는 반응에 에단이 의아한 표정으로 로안나를 쳐다보았다.

로안나는 어깨를 으쓱 올렸다.

"선생님의 주특기를 물어보시길래 검을 주로 사용하는 검사라고 말씀드렸는데요. 죽어도 마법사라고 우기시더라고요."

"그 실력을 보고 어떻게 검사일 거라 생각한단 말이냐, 프로체슈트의 딸이여."

"저 말씀처럼요."

달리 할 말이 없었다. 에단은 트로르를 툭 한 번 치고는 곧장 돌아갈 채비를 했다.

돌발 상황이 있었지만 순조롭게 마무리가 되었으니, 이제 프로체슈트 부흥 퀘스트를 클리어할 시간이었다.

\* \* \*

-죽음의 데스 : 와, 미쳤다. 이 척준경이라는 신, 왜

순위가 급상승하나요?

―책이 죽으면 어디로 갈까? 도서관 : 제가 구독해 봤는데요. 보니까 쇼츠를 새롭게 활용하시는 거 같더라고요. 쇼츠는 비싸잖아요. 가뜩이나 좋아요 얻기도 어려운데 말이에요. 눈 딱 감고 좋아요를 썼는데 원하는 영상이 아니면…… 그것만큼 허탈한 것도 없고 말이에요.

―화산파일번 : 그 말씀이 맞소. 요약본을 쇼츠로 만들어 좋아요를 안 버리게 만드셨소. 아주 똑똑한 신이시오.

에단의 계획은 정확히 들어맞았다.

―만년 대마법사 : 척준경 님을 구독하고 그 덕분에 나약한 육체를 극복했습니다. 같은 분야의 다른 신들을 구독한 것보다 훨씬 더 좋았습니다. 사실 척준경 님을 잘 몰랐는데, 이제라도 알게 되어 다행입니다!

본래 상위의 신이었지만 더 성장하지 못하고 있던 척준경. 그에게 있어 이번 쇼츠 개편은 막혀 있던 혈을 완벽하게 뚫는 계기가 되었다.

―만렙 점소이 : 시간이 없어 새로운 영상들을 보기 힘들었는데 쇼츠 덕분에 새로운 영상들을 바로 볼 수 있었습니다. 이거 정말 대단하네요. 영상을 보고 나서 국수 1,000그릇을 동시에 만들 수 있게 됐습니다.

척준경은 지금까지 영상 하나를 제작하고 올리는 데 엄청난 심혈을 기울였다.

하지만 완벽을 기하는 탓에 추가 영상의 제작 속도가

늦어졌다. 기존 영상보다 퀄리티가 좋지 않으면 구독자들의 선택을 받지 못할 테니까.

척준경의 영상들은 기본적으로 많은 좋아요가 필요했으니, 퀄리티가 부실하다는 이야기가 나오면 자연히 구독자들에게 외면당할 수밖에 없는 것이다.

그러나 에단의 조언을 듣고 쇼츠를 달리 활용하기 시작한 이후로 척준경의 고민이 완벽히 해결되었다.

쇼츠를 통해 새로운 영상이 어떤 내용인지, 영상을 통해 어떤 걸 배울 수 있는지를 미리 알려 주니, 구독자들이 영상을 누르는 데 있어 갖게 되는 부담감을 크게 덜어 주었다.

요컨대 안심하고 영상을 선택할 수 있게 된 것이다.

쇼츠를 보는 데 드는 좋아요는 딱 하나.

좋아요 하나로 수십 개 혹은 그 이상의 좋아요를 효율적으로 사용할 수 있게 됐으니, 구독자들은 이제 영상을 선택함에 있어 쇼츠를 절대적인 판단 기준으로 잡기에 이르렀다.

-와, 이 쇼츠 엄청 좋은데요?

-이게 이렇게 올라오면 적어도 영상 선택에 실패하는 일은 없을 것 같습니다.

커뮤니티는 물론이고 척준경의 쇼츠 영상에 달린 댓글 반응도 폭발적이었다.

-덕분에 영상을 보기로 결정했습니다.

-이렇게 쇼츠로 영상의 내용을 알려 주니까 선택하기가 훨씬 편하네요.

-다른 신들도 이렇게 해 줬으면 좋겠습니다.

척준경의 구독자와 좋아요 수가 팍 오르자, 다른 신들도 기민하게 반응했다.

이전에 에단이 구독 후기로 재미를 볼 때 신들은 그 효과를 무시했었다.

하지만 에단의 구독 후기는 신세계를 뜨겁게 달궜으니, 결국 다른 신들 역시 자신들의 구독자에게 부탁하여 구독 후기를 적극적으로 이용했었다.

그러한 일을 겪었으니 이번 일도 빠르게 대응한 것이다.

-근데 이거 누가 만든 겁니까?

게다가 척준경의 쇼츠를 만든 구독자의 정보 또한 신들이 재깍재깍 움직이게 만들었다.

-그 유명하신 분이요. [제대로 된 신만 구독함] 구독자님이 만드셨다고 합니다.

-와, 그래서 퀄리티가 이렇게나 대단했군요. 그분은 도대체 뭐 하시는 분일까요? 세계를 넘어서 한번 뵙고 싶습니다.

"구독자여, 쇼츠가 필요하네. 나도 새로운 영상을 꽤나 많이 가지고 있는데 말이야. 선택을 받지 못하는 마당에 영상을 많이 올려놓기만 하면 큰 패널티를 받게 돼. 또 그런 영상들이 많으면 구독자들은 더더욱 내 영상을 보지 않으려 들지. 말 그대로 악순환이야. 하지만 이 쇼츠라면 다르다. 쇼츠를 빨리 만들어 주게!"

그렇게 에단의 쇼츠를 벤치마킹한 다른 신들의 쇼츠가 속속들이 올라왔다.

"이런 쓸모도 없는 짧은 영상을 어떻게 이리 활용할 생각을 한 건지."

대다수의 신들은 쇼츠를 두고 쓸모없는 기능이라고 생각했다.

1분의 시간 제한이 있는 영상.

그러나 이 쇼츠를 활용할 수 있는 방법이 있었다.

그것도 그 활용도를 압도적으로 살린 방법이!

많은 신들이 에단의 방식을 따라 쇼츠를 만들어 공개해 나갔다.

-음, 척준경 님의 쇼츠는 짧아도 꽉 차 있는 느낌인데요. 이건 그냥 짧기만 한 느낌이네요.

-퀄리티가 좀 차이가 나네요.

하지만 이번에는 이전의 구독 후기처럼 따라 하는 건 불가능했다.

다급한 마음에 급조한 다른 신들의 쇼츠는 에단의 쇼츠와 감히 비교할 수 없을 정도로 퀄리티가 낮았다.

에단의 방식을 흉내내려 했으나 큰 호응을 얻지 못했으니, 결국 이들의 쇼츠는 에단의 쇼츠를 한층 더 돋보이게 하는 데 그칠 뿐이었다.

＊　＊　＊

　프로체슈트로 돌아온 에단은 지친 로안나를 데려다주고 곧장 마탑주를 찾았다.
　"아! 에단 님! 준비는 다 끝났습니다. 확인해 보셔도 좋습니다."
　에단은 마탑주가 준비한 재료들을 확인했다.
　'확실하군.'
　"저도 준비는 끝났습니다."
　"그럼 이제 뭘 준비하면 될까요? 저희가 도와야 할 일이 있을까요? 필요하시면 마탑의 모든 마법사들을 동원해서 돕도록 하겠습니다."
　"혼자서도 괜찮습니다. 앞으로 1시간이면 될 겁니다."
　"네? 죄송합니다만 제가 이해를 못해서…… 어떤 게 1시간이면 된다는 겁니까?"
　"프로체슈트 영지의 생명력을 앗아 간 자를 데리고 왔습니다. 그자가 다시 프로체슈트에 생명력을 불어넣을 겁니다."
　"저희 영지의 생명력을 앗아 간 자를 데리고 오셨다고요?"
　에단은 더 이상 대답하지 않았다.
　이 상황에선 백 마디 말보다 한번의 행동이 이해를 시

키는 데 효과적일 테니까.

**-정령왕 트로르를 소환합니다.**

쿠구구구궁-.
주변의 땅이 뒤흔들리며 강대한 기운을 내뿜기 시작했다.
샤아아아악-!
이윽고 황토색의 기운이 어우러져 단단한 몸체를 만들어 냈다.
"……어어어."
당황한 마탑주가 소환된 트로르를 멍하니 올려다보았다.
트로르 또한 마탑주를 내려다보았다. 살짝 눈을 찌푸리더니 이내 그가 누구인지 금세 깨달은 듯 와하하, 하고 웃었다.
"핏덩이가 이리도 컸더냐? 오랜만이구나."
"트, 트, 트로르 님……? 설마!"
마탑주의 눈동자가 심하게 흔들렸다.
그는 고개를 돌려 에단을 쳐다보고는 도대체 이게 무슨 일인지 제발 설명해 달라는 눈빛을 보냈다.
"프로체슈트의 땅을 이렇게 만든 정령을 데리고 왔습니다, 마탑주님."
"그, 그게 무슨…… 이분은 정령왕님이 아니십니까!"

"예, 정령왕입니다. 이분이 땅을 죽였다면 역으로 다시 되살릴 수도 있는 거 아니겠습니까?"

"하지만 트로르 님은……."

"제가 모셔 왔습니다."

에단이 트로르를 향해 미소를 지어 보이자 트로르가 온몸의 기운을 내뿜기 시작했다.

"과거 우리 사이에 여러 일들이 있었지. 하지만 그건 슬론 프로체슈트와 나 사이에 있던 일이었다. 그 고통을 너희들이 겪을 필요는 없었지. 미안하구나. 나 또한 완벽한 존재는 아닌 터라 오랫동안 그 원망을 품고 살았다."

"아…….'"

트로르는 그대로 천장을 뚫고 하늘 위로 올라갔다.

이 마탑은 프로체슈트 영지 전체가 훤히 보일 정도로 높은 곳이었다.

가장 높은 곳에 오른 트로르가 프로체슈트 영지를 둘러보았다.

트로르를 따라 에단과 마탑주가 전망대로 올라왔다.

"변했구나."

이렇게 위에서 내려다보니 모든 것이 확실하게 보였다.

자신이 과거 모든 생명력을 빼앗았던 정령 숲이 죽어가고 있었고, 그 죽음이 이젠 프로체슈트 영지 전체로 퍼지고 있었다.

한때 초록으로 가득 차 있던 숲이 이제는 을씨년스러운 잿빛으로 시들어 가고 있었다.

트로르는 혀를 찼다.

슬론 프로체슈트는 확실히 신뢰를 저버렸다.

그렇다 한들 자신이 이렇게까지 해서는 안 됐다.

"그래, 잘해 보려고 했던 거겠지."

그의 어깨엔 수많은 것들이 올라가 있었다.

자신의 영지.

자신의 사람들.

자신이 이루고자 하던 목표.

"널 초인이라고만 생각하고 있던 거다. 내 계약자였으니까."

수많은 인간들 중에서 극소수만이 될 수 있는 정령왕의 계약자였으니, 그가 세상 모든 것에 있어 완벽할 거라 생각했었다.

"미안하구나."

트로르가 마탑주를 보며 말했다.

"지금까지 이 프로체슈트를 이끄느라 참으로 고생이 많았다. 이젠 그 부담을 내려 두어도 된다. 내가 함께하마, 프로체슈트의 마탑주여."

"미카엘, 미카엘 프로체슈트입니다, 트로르 님."

미카엘 프로체슈트가 주먹을 꽉 쥐었다. 고생했다는 그 말이 어째선지 그를 울컥하게 만들었다.

"그리고 에단 휘커스, 너에게도 고맙다는 말을 하고 싶구나. 네 덕분에 내 잘못을 바로 잡을 수 있는 기회를 가지게 되었다. 정말 고맙다."

트로르가 모아 두었던 힘을 그대로 방출했다.

새하얀 기운과 푸르른 기운들이 정령의 숲에 퍼지기 시작했다.

쏴아아아아-.

이윽고 트로르의 힘을 받은 숲이 변하기 시작했다.

"죽은 땅이……."

잿빛으로 시들어 가던 숲에 색이 돌아오고 있었다.

초록색.

종이에 스며든 물감처럼, 숲에 초록색이 쫙 퍼지기 시작했다.

시든 잡초에 초록이 깃들고 회색 나무가 싱그럽게 초록의 잎을 자랑했다. 썩은 냄새가 나던 호수는 찰랑거리는 물로 가득 찼고 사라졌던 물고기들이 다시금 수면 아래를 유영했다.

죽은 숲은 생명력 가득한 아름다운 숲이 되었다.

"미카엘 마탑주님."

마탑주는 숲에서 눈을 떼지 못하고 있었다.

"약속 지켰습니다."

**-퀘스트를 클리어하셨습니다.**

─최단 기간에 퀘스트를 클리어하셨습니다.

─역사에 남을 퀘스트 클리어! 남부의 모든 이들이 당신을 칭송합니다.

─명성이 큰 폭으로 오릅니다!

─업적을 달성하셨습니다!

─[프로체슈트의 영웅] 업적 달성에 따라 좋아요를 획득했습니다.

─좋아요를 '10'만큼 얻었습니다!

\* \* \*

초록을 되찾은 숲은 사람들로 북적였다.

프로체슈트의 모든 영지민이 모였다고 해도 과언이 아니었다.

"와, 여기가 원래 이런 곳이었어요?"

"예쁘다. 그 삭막한 숲이 이렇게 아름다워지다니……."

"정말 여기가 회색 숲이 맞는 거에요?"

영지민들이 저마다 숲을 돌아보는 와중에 한 소년이 숲 안쪽으로 들어가다가 그 자리에서 멈춰 섰다.

"다, 다들 여기 좀 보세요. 이게 뭐예요?"

소년이 손가락으로 가리킨 건 환하게 빛나는 빛이었다.

사람들의 시선이 몰리자 빛이 곧바로 그 소리에 반응했다.

빛은 마치 탐색이라도 하듯이 소년의 주변을 한 바퀴 빙 돌더니 다시 나무로 돌아갔다.

모두의 시선이 그 뒤를 쫓아 돌아가고, 나이가 지긋한 노인이 놀란 눈으로 빛이 사라진 나무를 빤히 쳐다보며 중얼거렸다.

"정령…… 저건 정령이다……."

노인의 목소리가 떨렸다.

"정령이요?"

"정령이라니, 여긴 정령이 없잖아요?"

"저 정령 처음 봐요!"

초록을 되찾은 숲. 그리고 돌아온 정령들.

영지민들은 도대체 이게 무슨 일인지 어리둥절해했다.

하지만 한 가지는 확실했다.

프로체슈트에 큰 변화가 일어났다고. 그리고 그 변화는 몹시도 긍정적인 방향으로 이루어졌다고 말이다.

"영주님께서 오셨다!"

"영주님! 수, 숲이 돌아왔습니다."

"정령들도 돌아왔습니다, 영주님!"

영지민들이 탑의 마법사들과 함께 온 미카엘 영주를 반겼다.

"와……."

"진짜, 진짜 돌아왔군요."

"이 숲이 이렇게나 싱그러워질 수가 있다니."

미카엘이 데리고 온 마법사들이 감격하며 숲을 돌아보았다. 이들은 정령의 숲에 생명력이 되돌아 왔다는 말을 믿지 못한 이들이었다.

당연했다. 죽었던 땅이 원래대로 되돌아왔다니.

심지어 마법사 중엔 아예 이 땅의 옛 모습을 모르는 이들도 있었다.

그들에게 이 땅은 본래부터 죽어 있던 땅이었다.

이야기로나 들었던 생명력이 넘치는 아름다운 숲.

정작 그 이야기가 크게 와닿지 않다 보니 과거의 영광을 되찾자는 다른 이들의 말을 이해할 수 없었건만.

직접 보니 달랐다.

그들의 마음속에 무언가가 울컥하기 시작했다.

다시 돌아온 숲의 모습에 감동하기는 마탑주도 마찬가지였다.

미카엘은 마법사들과 영지민들을 돌아보았다. 그러고는 그 자리에서 큰 소리로 외쳤다.

"영지민들은 들으라! 우리 프로체슈트는 오랜 기간 제 기능을 하지 못하고 있었다. 과거의 영광에 기댄 채 몰락해 가는 영지라는 비아냥을 들었었지."

그 때문에 수많은 영지민들이 고향을 떠나갔다.

시장은 활기를 잃었고 행상인들도 발길을 돌려 더 이상 이 땅을 찾지 않았다.

"이제 그 굴욕의 시간은 끝났다! 보다시피 우리 프로

체슈트는…… 다시 생명력을 되찾았다. 저 숲이 보이나? 정령들이 보이나?"

숲은 과거의 생기를 되찾았다. 다시금 녹음을 되찾은 것은 물론이고 돌아온 정령들의 빛이 그 푸르름을 더 빛나게 밝히고 있었다.

가까이서 보니 그 모습이 한층 더 대단했다.

"프로체슈트에 부흥이 찾아왔다!"

미카엘의 선언에 영지민들과 마법사들이 크게 환호했다.

노인들은 눈물을 흘렸고 아이들이 다들 기뻐하니 부모들도 따라서 함께 기뻐했다.

"오늘 부로 일주일간 축제를 열 것이다. 우리 프로체슈트는 이제부터 다시 시작이다!"

"영주님 만세!"

"영주님 만만세!"

영지민들의 환호에 미카엘이 옆에 선 사람을 가리켰다.

"이번 일은 나 혼자서 한 일이 아니다. 이분께서 전적으로 도움을 주셨지. 이분이 아니었다면 우리 프로체슈트는 생기를 되찾지 못했을 거다."

미카엘이 한껏 흥분한 목소리로 외쳤다.

"이분이 바로 우리의 프로체슈트를 되살려 주신 영웅이시다!"

옆에 서 있던 에단이 영지민들을 향해 자연스럽게 손을 흔들었다.

**-명성이 오릅니다!**
**-명성이 오릅니다!**

에단이 손을 한번 흔들 때마다 명성이 올랐다.
"와아아아-!"
또한 영지민들의 환호에도 명성이 올랐다.
"에단 님 만세!"
"죽기 전에 이런 모습을 다시 볼 수 있을 줄은 몰랐습니다, 흐으윽."
나이 많은 영지민들은 그 자리에서 눈물을 흘렸다.
숲이 살아나고 정령들이 돌아왔다.
이제 프로체슈트는 다시금 발전할 수 있다.
죽은 땅, 죽은 도시라 멸시당하는 것도 이제는 끝이다.
이 모든 것이 에단의 손끝에서 이루어졌다고 말하니, 영지민들의 환호에 명성이 오르는 것도 당연했다.
'이 환호는 받을 때마다 기분이 좋군.'
에단은 이어 트로르를 소환했다. 퀘스트의 확실한 방점을 찍기 위해서였다.
쿠구구궁-!
트로르가 모습을 드러내자 나이 든 영지민들이 감격에

젖었다.

한때 프로체슈트가 최고라 불렸던 무렵, 그 시기를 이끈 상징이 바로 정령왕 트로르였기 때문이었다.

"정령왕님이시다……!"

"저, 정령왕님이요!?"

"이야기로만 들었던 건데……."

어린아이들은 이야기로나 들었던 정령왕을 직접 보자, 입을 크게 벌리곤 놀라 굳어 버렸다.

"여러분, 이제 고생은 끝났습니다."

에단이 말했다. 큰 목소리로 말하는 것도 아니었는데 이 자리에 모인 모두가 들을 수 있었다.

"지금 이 순간, 여러분은 프로체슈트가 다시 부흥하는 역사의 시작점에 있습니다."

지금껏 그 끝을 모르고 내려왔으니, 이제는 다시 위로 올라갈 차례였다.

"그 첫걸음을 함께하시죠."

\* \* \*

"처음엔 꽤 힘들 겁니다. 하지만 걱정 마십시오. 트로르와의 계약도 있고 제자인 로안나와의 인연도 있으니, 저는 이 프로체슈트를 형제라 생각하고 있으니까요."

"흑, 정말 감사드립니다, 에단 님."

미카엘이 감동한 듯 울먹이며 말했다. 설마하니 이렇게까지 영지를 위해 도움을 줄 줄은 몰랐다.

"이 은혜는 절대 잊지 않겠습니다. 함께 가시죠. 제가 할 수 있는 거라면 뭐든지 돕겠습니다."

물론 에단은 프로체슈트와의 협업을 통해 큰 이득을 얻을 수 있기에 한 일이었다.

'트로르도 있고 영지의 생명력도 되돌아왔으니, 과거의 영광을 되찾는 건 시간문제거든.'

사실상 이곳은 발전할 일만 남았다는 뜻이었다.

'바닥에 굴러다니는 황금은 당연히 주워야지.'

게다가 에단을 향한 프로체슈트 영지민들의 신뢰도 끝을 모르고 치솟는 상태다.

'거부감은 없을 거야. 아니, 거부감은커녕 적극적으로 도움을 주려고 하겠지.'

그러면 휘커스 영지와 프로체슈트 영지 간에 꽤나 좋은 시너지가 날 것이다.

에단은 본격적으로 미카엘 마탑주와 사업에 대한 이야기를 나눴다.

"저희야 감사한 일입니다. 위축된 프로체슈트 시장에 큰 활력소가 될 겁니다."

"마탑주님, 저는 지금까지 프로체슈트에 생겼던 일을 나쁘게만 보지 않습니다."

"……."

영지가 힘을 잃고 난 이후로 마탑주는 꽤 많은 곤란을 겪어 왔다.

고생의 나날이었다.

한때 사이가 나쁘지 않았던 영지들이 하나둘 등을 돌리기 시작했다. 프로체슈트가 잘 나갈 때는 곁에서 좋은 말만 하며 평생을 함께 갈 것처럼 말하던 이들이었다.

절대 흔들리지 않을 굳건한 동맹 관계라고 생각했건만. 정작 그들은 프로체슈트가 궁지에 몰리자 손바닥 뒤집듯이 태도를 바꿨다.

으득.

미카엘은 그 생각이 났는지 이를 갈았다.

"이제는 아셨을 테지요. 가장 힘들 때 떠나지 않았던 이들이 누구인지. 잘나갈 때는 보이지 않는 것들을 지난 일로 확실히 보게 되셨을 겁니다."

"그렇군요. 맞습니다. 예, 잘 알게 됐습니다. 누굴 가까이에 두고 누굴 멀리해야 할지 확실하게 알았습니다."

그런 면에서 보자면 확실히 그랬다.

가장 힘들 때 곁에 있어 준 이들이야말로 죽을 때까지 함께해야 할 이들인 것이다.

"이제 프로체슈트는 과거의 영광을 되찾을 겁니다. 그 과정에서 날파리들이 계속해서 꼬일 테죠. 손으로 휘휘 저어 쫓아낼 수 있는 날파리들이야 괜찮겠습니다만, 돈이 되는 사업엔 맹수들이 이를 드러내고 덤벼들겠죠."

"……."

미카엘의 눈빛이 강렬해졌다.

"지금까지 겪었던 굴욕이 제 가슴 속에 박혀 있습니다. 그 어떤 유혹에도 흔들리지 않을 생각입니다. 그리고 무엇보다 에단 님이 계시지 않습니까."

그가 웃으며 말했다.

"그거면 충분합니다."

그 웃음에 에단 또한 화답하듯 씩 미소를 지었다. 에단이 손을 내밀자 미카엘이 그 손을 잡았다.

똑똑-.

"의식 준비가 다 끝났습니다."

\* \* \*

"이게 뭐지?"

펠릭스 공작가의 고문 마법사이자 남부의 대마법사인 한센은 오랜만에 방문한 프로체슈트를 돌아보며 전과 다른 모습에 놀라고 있었다.

"어째서지? 이럴 리가 없을 텐데?"

그는 앞서 프로체슈트에 별다른 특이 사항이 없다는 보고를 받았다. 그럼에도 뭔가 찝찝함이 남아 직접 프로체슈트에 방문했다.

분명 무슨 일이 벌어졌을 거라는 생각은 하고 있었다.

하지만 그가 예상한 건 이 정도 수준이 아니었다.

"말도 안 돼……."

입이 쩍 벌어질 정도였다.

"숲이 되살아났어. 생명력이 느껴진다."

대마법사인 그에게 강렬한 생명력이 다가왔다.

분명 잿빛으로 죽어 가던 숲이 본래의 생기를 되찾고 내뿜는 기운들이었다.

"이건 또 뭐야? 정령? 정령이 왜 있지? 설마……."

한센은 당황했다.

설마하니 진짜 숲을 되살렸단 말인가.

"미카엘 마탑주가 직접 했을 리가 없어. 실력은 우수하지만 일개 인간의 힘만으로는 이렇게 되살릴 수가 없는 땅이란 말이다."

자신도 이 숲만큼은 감당할 수 없었다. 프로체슈트의 몰락은 일종의 자연재해나 다름없었다.

인간이 자연을 어떻게 감당할 수 있겠는가?

함부로 건드렸다가 역풍이나 맞지 않으면 다행이니.

인간의 힘만으로 이곳을 살리는 건 말 그대로 불가능한 일이었다.

그런데 그 숲이 되살아났다니.

"도대체 누가. 누가 이런 일을 했단 말이냐. 이 꼴을 만든 장본인인 정령왕이 직접 와도 고칠 수 없을 텐데!"

한센은 다급하게 미카엘을 찾았다.

그리고 얼마 지나지 않아 미카엘을 발견했다.

"미카엘 마탑주!"

미카엘이 돌아보더니 한센을 보곤 반갑게 손을 흔들었다. 한센은 프로체슈트가 어려울 때 간접적으로라도 적잖은 도움을 준 사람이었다.

"한센 님 아니십니까! 여긴 어쩐 일로…… 아! 마노 가루 건 때문에 직접 오신 겁니까?"

"그게 중요한 게 아닐세! 이게 뭔가? 지금…… 내가 보고 있는 게 현실이 맞는 건가?"

흥분한 한센을 보니 오히려 미카엘은 차분하게 대답할 수 있었다.

"네. 보시는 그대로입니다."

"어떻게, 어, 어떻게 된 건가? 가져간 마노 가루로 여길 되살린 건가? 그렇다면 누가……."

그제야 한센은 미카엘의 옆에 있던 사내를 발견했다.

꽤나 젊은 사내였다. 곱상한 외모지만 눈빛이 대단했다.

"여기 계신 이분이 저희 프로체슈트의 구원자십니다."

"처음 뵙겠습니다."

에단이 살짝 목례를 하며 인사했다.

"구원자? 그 젊은이가 이 프로체슈트를 되살렸단 말인가!"

"한센 님, 일단 가면서 이야기하시지요."

"간다고? 어딜 간단 말인가?"

"고대 정령 의식을 치르러 갑니다."

"고, 고대 정령 의식?"

한껏 인상을 쓴 한센이 당황한 목소리로 말했다.

"그건 이미 사장된 의식이 아닌가? 불가능한 의식일 텐데, 100년이 넘는 세월 동안 그 누구도 성공한 적 없다고 들었네. 정말 고대 정령이 있는지조차 의문이건만, 도대체 이게 무슨 상황인지 알 수가 없군."

한센의 말에 에단이 미소를 지으며 되물었다.

"그럼 이 프로체슈트를 되살리는 건 가능한 일이었습니까, 대마법사님?"

그 말에 한센은 말문이 막혀 버리고 말았다.

5장

5장

에단 일행이 도착한 곳은 꽤나 낡은 건물이었다.

그 건물의 최상층엔 수십 명의 정령사들이 한데 모여 있었다.

"이곳은 한때 정령사의 탑이라 불렸던 곳입니다."

꽤 오랫동안 사람의 손길이 닿지 않았음에도 내부는 굉장히 깔끔했다.

'언젠가 프로체슈트에 정령들이 돌아올 거라고 생각하고 있었을 테니까.'

여러모로 힘든 부분이 많았지만 미카엘 마탑주는 포기하지 않고 있었다.

"관리가 잘되어 있군요."

"희망은 놓지 않고 있었으니까요."

에단이 도착하자 정령사들이 곧바로 마나를 순환시켰다.

"중앙에 서시면 됩니다."

샤아아악-.

바닥에 펼쳐진 마법진은 푸른빛으로 빛나고 있었다.

그리고 그 중심은 초록빛과 붉은빛, 그리고 푸른빛이 섞여 화려하게 빛나고 있었는데, 그곳이 바로 핵심 재료인 마노 가루가 뿌려진 곳이었다.

"기본적인 정령 의식과 비슷합니다. 에단 님은 잠시 동안 정령계로 가시게 될 겁니다. 거기엔 정령 계단이 있습니다."

정령 의식은 간단했다.

의식을 통해 정령계로 넘어간 뒤, 그곳에 있는 정령 계단이라는 곳을 올라 정령과 계약하는 것이다.

1층부터 최상층까지.

높은 층으로 갈수록 보다 상위의 정령과 계약할 수 있었다.

"전해지는 이야기에 따르면 고대 정령은 11층에 있다고 합니다. 흔히 최상층이라 알고 있는 10층보다 한 층 더 위에 있는 곳이죠. 일반적인 의식으로는 11층에 발을 들일 수가 없습니다만, 고대 정령 의식을 통해 정령계로 진입하면 11층에 진입할 수 있게 됩니다. 하지만 조심하십시오. 고대 정령은 위험한 존재들입니다."

미카엘 마탑주가 아는 건 딱 여기까지였다.

"더 자세히 이야기해 드리지 못해 죄송합니다."

"아니요, 괜찮습니다."

에단은 이미 메판에서 고대 정령과 계약을 맺은 적이 있었기에 웃으며 손을 내저었다.

'어떻게 해야 하는지는 이미 알지. 하지만 방법을 안다고 해서 계약 자체가 쉬운 건 아냐.'

에단이 이번에 계약하려는 정령은 고대 정령 중에서도 특별한 정령이었다.

'보통 그렇게 무리해서 택할 이유가 없는 정령이지만 지금 내게는 큰 도움이 되어 줄 수 있는 정령이다.'

방법을 안다 해도 성공할 수 있을지는 알 수 없다.

하지만 결과가 어찌 되든 일단 해 봐야 안다.

에단은 마법진의 중심에 서서 눈을 감았다.

"시작하겠습니다."

긴장한 미카엘 마탑주가 손짓하자 정령사들이 동시에 손을 들었다.

이들도 이 고대 정령 의식은 처음이었다.

때문에 다들 미카엘 마탑주처럼 긴장하고 있었다.

그런 정령사들의 뒤에서 대마법사 한센이 불안한 표정으로 안절부절못하고 있었다.

"……."

이건 불가능한 의식이다.

전설이 왜 전설이겠는가? 설화가 왜 설화로 남겠는가?

의식이 조금이라도 잘못된다면 에단은 11층에 오르는 그 즉시 미쳐 버려 영원히 정령계에서 벗어나지 못하게 된다.

그만큼 정령계는 미지의 공간이었다.

하지만 이미 에단에게 한소리를 들었기에, 한센은 그저 팔짱만 끼고 관망할 수밖에 없었다.

샤아아아악-!

강렬한 빛이 주변으로 퍼지기 시작했다.

마법진이 동시에 활성화되더니 이내 빛무리가 에단의 몸을 살며시 감쌌다.

에단은 눈을 감은 채 감각으로 주변의 기류가 변해 가는 것을 느꼈다.

그리고 천천히 눈을 떴다.

"후."

정령들과 계약을 맺을 수 있는 장소.

정령 계단이었다.

길고 긴 계단의 양옆에 각기 다른 배경이 펼쳐졌다.

왼쪽에는 초록색의 수풀들이 우거져 있었고, 오른쪽에는 푸른빛의 바다가 펼쳐져 있었다.

계단을 따라 위로 올라갈 때마다 풍경은 계속해서 바뀌었다.

'각 층마다 계약할 수 있는 정령이 다르다.'

또한 층수에 따라 정령의 등급도 정해졌다.

'10층에 가까워질수록 상급 정령이 나와.'

게다가 위로 올라갈수록 보다 다양한 속성의 정령이 나온다.

하지만 그렇다고 자신이 원하는 정령과 계약할 수 있는 것은 아니다.

10층까지는 마음대로 오를 수 있지만 자격이 안 되는 사람은 제아무리 위로 올라간다 하더라도 정령의 선택을 받지 못한다.

'내가 선택하는 구조가 아니거든.'

에단은 계속해서 계단을 올랐다.

-인간! 인간!

-계약하자!

다가오는 초급 정령들은 어린아이들과 같았다. 에단은 그들을 쓰다듬어 주고는 계속해서 계단을 올랐다.

우르르쾅쾅-!

-번개의 힘을 가지고 있네? 나랑 잘 어울리겠는걸? 나랑 계약하자, 인간!

노란빛 일색인 번개의 중급 정령이 에단에게 다가왔다. 에단은 역시나 거절하고 계속 올라갔다.

그렇게 10층에 다다르자 최상급 정령들이 에단에게 흥미를 느끼고 다가왔다.

하지만 이내 다시 물러나며 말했다.

―인간, 네 몸 안에 무서운 게 있어.

―작은 아이들은 그런 게 있는지도 모를 테니 네게 다가갔을 테지만 우리는 아니야.

―미안하지만 계약은 못하겠어.

―넌 보기 드문 인간이지만 아쉽네.

최상급 정령들이 에단에게 한마디씩 던졌다.

에단은 그들을 한차례 슥 보고는 계속해서 계단을 올랐다.

―더 이상 올라가면 안 돼.

―정신이 아득해질 거야.

―바보가 될 거야.

―천치가 되어 버릴지도 몰라. 다시는 돌아오지 못할지도 몰라.

정령들이 겁에 질려 속삭였다.

에단은 그런 정령들에게 웃어 보였다.

"알아."

그러자 정령들이 마치 벨이 울리는 것처럼 그 자리에서 떨었다.

에단은 한차례 심호흡을 하고 위로 올라섰다.

샤아아악―.

본래라면 발을 들이는 광중에 미쳐 버렸을 테지만 에단은 무사했다.

고대 정령의 의식을 통해 들어왔기에 11층에 발을 들이

자마자 에단의 정신을 보호하는 방어막이 생겨난 것이다.

"읍."

11층에 올라서자마자 엄청난 압박감이 느껴졌다. 무언가가 온몸을 서서히 조이는 듯한 느낌이었다.

동시에 위에서 거대한 존재가 내려다보는 느낌도 들었다.

잠시 후, 에단의 앞에 새카만 무언가가 스멀스멀 다가오기 시작했다.

-우리랑 가자.

-우리랑 놀자.

"꺼져."

에단은 단호하게 말했다.

이 새카만 것들은 타락한 고대 정령의 부산물이었다. 저것들은 여기까지 올라온 자들을 삼키고 그 생명력을 빨아들이려 든다.

-싫어?

-그러면 어쩔 수 없지.

-이건 권유가 아니거든.

순식간에 그들이 뭉치더니 에단을 그대로 집어삼켜 버렸다.


**-강력한 저주가 당신을 집어삼킵니다.**

**-절멸증이 저주를 상쇄시킵니다.**

절멸증이 그대로 저주를 상쇄시켜 버리자, 타락한 고대 정령의 부산물들이 그대로 뒤로 물러났다.

-뭐야?

-도대체 네 안에 뭐가 있는 거야?

-무서워, 무서워!

에단은 한차례 크게 호흡했다.

11층부터는 길 자체가 보이지 않기에 감각만으로 길을 찾아 전진해야 했다.

한 걸음.

발을 내딛은 이후, 그 감각으로 에단은 가려진 길의 패턴을 파악해 냈다.

'패턴은 총 다섯 개.'

지금 나온 패턴은 여기서 볼 수 있는 패턴 중에서 가장 악랄한 난이도의 패턴이었다.

'하지만 괜찮아. 이 악랄한 난이도도 클리어해 본 적 있다.'

"후."

차분하게 올라가던 에단의 앞에 갑자기 거대한 벽이 나타났다. 그러더니 그 벽에서 징그러운 촉수들이 에단을 향해 날아들었다.

쐐액-!

본능적으로 검을 휘두를 뻔했지만 이내 에단은 검을 다시 집어넣었다.

어차피 저건 가짜였다.

이곳은 육체보다는 정신이 우선시되는 곳.

**-불멸 영웅의 호흡이 활성화됩니다!**
**-케이론의 가르침으로 정신 공격에 면역이 됩니다!**

'후.'

그러나 문제를 하나 해결했다고 안도할 틈도 없이 에단의 주변으로 강대한 기운이 몰아치기 시작했다.

쿠구구국-!

크게 휘청거릴 정도로 강렬한 바람이었다.

에단이 휘청거리며 천장을 바라보았다.

거기에 거대한 주먹이 있었다.

성만 한 크기의 주먹. 그 주먹은 정확하게 에단을 노리고 있었다.

죽음.

쐐애애애액-!

피할 수도, 막을 수도 없는 공격이었지만 에단은 아무 조치도 취하지 않았다.

부웅-.

'정말 진짜 같지만 저것도 가짜야. 이 보이지 않는 길에서 떨어뜨리는 게 목적이니까. 저 밑은 심연. 떨어지면 그걸로 끝이야.'

저 심연 아래엔 끔찍한 놈들이 아가리를 쩍 벌린 채 에단을 기다리고 있을 터.

에단은 그대로 거대한 주먹을 지나쳐 앞으로 나아갔다.

그 다음으로는 새카만 덩어리였다.

에단은 거침없이 검을 뽑아 들어 날아오는 검은 덩어리를 두 동강을 내 버렸다.

"이번엔 진짜."

검은 덩어리를 두 동강을 내자마자 비명 소리가 들려왔다.

순간 몸서리를 칠 정도로 처절한 비명 소리였다.

**-케이론의 가르침으로 정신 공격에 면역이 됩니다.**

케이론의 가르침 덕분에 정신 공격을 막아 내고 있었으나 심연의 정령들은 끈질겼다.

에단의 몸이 그 자리에서 멈추더니 그대로 바닥으로 추락했다.

끝없이 떨어지는 에단의 몸.

그러나 에단의 표정은 아무런 변화가 없었다.

'어떻게 사람이 공포를 느끼지 않겠어?'

에단은 자신의 정신 상태를 지켜 주는 불멸 영웅의 호흡에 집중했다.

헤라클레스의 가르침은 에단에게 큰 이정표가 되어 주었다.

**-두려움은 당연한 것이다. 하지만 그 두려움에 물러서지 않는 것이 영웅의 자세다.**

'여기서 죽으려고 지금까지 발버둥 친 게 아니야.'
에단은 수없이 많은 죽음의 위기를 겪었다.
에단은 지금까지 수없이 많은 죽음의 위기를 겪었다.
언젠가 이 절멸증이 자신을 죽일 수도 있겠지. 하지만 적어도 그건.
'오늘은 아니야.'
샤아아아악-!
추락하던 에단의 몸에 어느새 보이지 않는 11층의 길 한가운데에 있었다.
그렇게 수많은 진짜와 가짜를 구별하고 심연의 공포를 이겨 낸 에단의 눈에 길이 보이기 시작했다.
'다 왔다.'
-축하해! 이곳이 최상층이야!
수많은 고대 정령들이 에단을 맞이했다.
방금 전에 만났던 타락한 고대 정령들이 아니었다. 이들은 진짜 고대 정령들이었다.
에단은 과거 메판에서 계약을 맺었던 익숙한 모습의 정

령들을 확인했다.

-나는 슈드. 너는 대단한 인간이구나. 몸 안에 그런 무시무시한 걸 품고도 지금까지 살아 있는 걸 보면 말이야.

-너는 인간을 뛰어넘을 수도 있겠어.

-너와 계약하고 싶어.

에단은 고대 정령들을 한차례 쭉 살폈다.

"없군."

-없어?

-없다니, 뭐가?

"떠나겠다."

-여기까지 기껏 왔는데?

-누구와도 계약을 하지 않겠다고?

-이건 네 인생을 바꿀 수 있을 기회인데?

"너희들은 언제 봐도 참 거짓말들을 잘하는구나."

고대 정령은 엄청난 존재들이었다.

하지만 그렇다고 해서 이들이 반드시 선하다는 건 아니다.

"여긴 최상층이 아니잖아?"

-……어떻게 알아?

"와 봤거든."

-거짓말. 거짓말은 인간이 하고 있어.

-여긴 한 번밖에 못 오는 곳이야.

"난 되더라."

에단은 그렇게 말하고는 그들을 가로질러 앞으로 나아갔다.

벽처럼 보이지만 이건 벽이 아니다.

-너…….

여기가 바로 진짜 최상층으로 가는 길이다.

화아아아아아악-!

어두웠던 공간이 순간적으로 밝아졌다.

**-가장 높은 계단에 도착했습니다!**
**-업적을 달성하셨습니다!**
**-[가장 높은 곳] 업적 달성에 따라 좋아요를 획득했습니다.**
**-좋아요를 '8'만큼 얻었습니다!**

그곳에 새파란 덩어리가 있었다. 에단이 가까이 다가가자 덩어리가 점차 형태를 갖추기 시작했다.

"찾았다."

에단이 찾던 고대 정령이 확실했다.

저 푸른 에테르야말로 그가 찾던 고대 정령의 특징이니까.

샤악-!

형태를 갖춘 고대 정령이 이내 에단을 쳐다보았다.

푸른색 에테르로 가득 찬 자그마한 여우.

"캉!"

**-마나의 주인 뤼카가 당신과 계약을 맺고 싶어 합니다!**

마나의 주인.
에단이 다른 고대 정령들을 거르고 뤼카를 선택한 데엔 명확한 이유가 있었다.
'마나의 주인이라는 이름답게 마나와 관련된 특별한 능력을 가지고 있지.'
물론 메판에서 마나의 주인 뤼카와 직접 계약해 보진 않았기에 그 능력을 직접 경험해 본 없었다.
하지만 뤼카의 능력에 대한 확실한 정보를 가지고 있었다.
'그 이름처럼 마나를 다루는 데 아주 능숙한 정령이야. 대기 중의 마나를 순수한 형태로 정제하고 저장할 수 있는 능력을 갖고 있지. 가장 중요한 건 그 정제된 마나를 계약자와 공유할 수 있다는 점이고.'
요컨대 뤼카는 순수한 마나를 저장해 뒀다가 필요할 때 계약자에게 전달해 주는 고성능 마나 배터리 같은 것이다.
바로 그게 에단이 뤼카와의 계약에 있어 가장 중요하게 눈여겨본 점이었다.
현재 에단은 마나가 현저히 부족하다. 어떻게든 저주를

해주하기 위해 노력하고 있지만, 아직 여의치 않았다.

'그렇다면 달리 접근하면 돼. 내 몸에 마나를 저장할 수 없다면 다른 곳에 마나를 저장하고 끌어다 쓴다. 그러면 마나 문제를 어느 정도 해결할 수 있어.'

하지만 이 방법엔 한 가지 큰 문제가 있으니, 그것은 다름 아닌 마나의 성질과 관련된 문제다.

마나는 기본적으로 고유성을 가지고 있어, 외부의 마나를 체내에 받아들이는 과정에서 그 고유한 성질을 체내에 맞게 변화시키는 일련의 가공을 거치게 된다.

만약 그 과정을 거치지 않게 된다면 체내의 마나와 외부의 마나가 충돌하게 되니, 이는 절멸증이란 폭탄을 안고 있는 에단에게 있어 폭탄 하나를 더 껴안는 꼴이나 마찬가지였다.

'본래라면 외부의 마나를 곧장 끌어다 쓰는 건 상당한 위험 요소야. 하지만 뤼카의 마나는 다르다.'

뤼카의 마나는 그런 위험 부담이 전혀 없었다. 어떤 성질의 마나든 받아들여 순수한 마나로 정제하니, 달리 마나 간의 거부 반응을 걱정할 필요가 없었다.

'절멸증 때문에 쌓지 못하는 마나를 뤼카가 대신 쌓아 줄 수 있어.'

말 그대로 순수한 마나를 가득 담은 방대한 저장량의 배터리로 사용할 수 있으니, 현재 에단이 가진 크나큰 단점을 뤼카가 보완해 줄 수 있는 것이다.

게다가 그게 끝이 아니었다.

'순수한 마나라 거부 반응이 없으니 마나를 받아서도 사용할 수 있다. 절멸증 때문에 몸에 무리가 가긴 하겠지만, 내 모든 기술이 지금보다 더 강한 위력을 낼 수 있게 돼.'

물론 온전히 자신의 마나를 쓰는 다른 이들처럼 마나를 사용하는 건 힘들다. 하지만 적어도 극소량의 마나에 발목을 붙잡히는 페널티에선 어느 정도 벗어날 수 있다.

특히 강자들과 싸울 때야말로 마나의 총량이 아주 중요하기에, 뤼카와의 계약은 에단의 생존 확률을 크게 높여 주고 전투력을 한층 더 강화시켜 주는 요소라고 볼 수 있었다.

'애니시다의 팔찌를 극도로 강화하고 문제점을 개선한 것과 다를 바가 없지.'

"컁!"

뤼카가 크게 울었다. 그 귀여운 모습에 에단은 음, 하고 팔짱을 꼈다.

'마나의 주인이라고 해서 엄청난 모습일 거라 생각했었는데.'

에단은 자그마한 여우의 모습을 한 뤼카를 자세히 살폈다.

푸른 에테르 덩어리지만 있을 건 다 있었다.

얼굴에 있는 세 개의 콩알, 두 눈과 코가 굉장히 앙증맞았다.

천천히 머리를 쓰다듬어 보니 느낌도 강아지와 비슷했다.

'음.'

하도 느낌이 좋아 계속 만지다가 이내 정신을 차렸다.

"나와 계약을 맺고 싶다고 했지?"

정령 계단의 최상층까지 도달한 인간. 뤼카 입장에서도 신기했을 것이다.

계약을 원하는 뤼카에게 에단이 손을 내밀었다.

"계약하자, 뤼카."

"컁!"

**-마나의 주인과 계약을 맺었습니다!**

샤아아아아악-!

에단의 주위로 푸른 돌풍이 휘몰아쳤다. 그와 동시에 반대편 손목에 문양이 새겨졌다.

동그라미, 그리고 그 위에 세모 둘.

그야말로 여우의 형태를 도형화시킨 듯한 문양이었다.

**-마나의 주인이 당신에게 깃듭니다.**
**-뤼카 소환술을 배웠습니다!**
**-기술 추가 : 뤼카 소환술 (S)**

뤼카가 새로운 계약자인 에단을 신기하게 쳐다보더니

그 다리에 머리를 비볐다.

"이래서 여우짓이라고 하는 건가?"

그 모습이 무척이나 귀여워, 에단은 자신도 모르게 뤼카를 들어 품에 안았다.

그러고는 뤼카를 쓰다듬으며 말했다.

"네가 나를 도울 존재가 되어다오."

**-생존에 영향을 끼칠 존재와 계약을 맺었습니다.**
**-마나의 주인 뤼카를 선택하셨습니다.**
**-생존 확률이 상승합니다!**

에단은 꽤 오랫동안 미뤄 왔던 에단 휘커스로 살아남기의 세 번째 퀘스트를 클리어했다.

앞서 두 가지 퀘스트를 통해 보상이 어떤 식으로 책정되는지 알기 때문에 퀘스트를 마무리하는 데 특히 심사숙고했다.

'요정 여왕과 정령왕을 거르고 선택한 게 바로 이 뤼카니까.'

에단의 앞에 알림창이 끊임없이 떠올랐다.

**-〈〈메인 시나리오, 에단 휘커스로 살아남기 -3〉〉을 클리어하셨습니다!**
**-강력하고 위대한 존재와 계약을 맺었습니다!**

-상상을 아득히 상회하는 존재와 계약을 맺었습니다.
-퀘스트를 완벽하게 클리어하셨습니다!
-마나의 주인 뤼카와의 계약을 통해 생존 확률이 크게 상승했습니다.
-완벽한 퀘스트 클리어로 영웅급 추가 보상이 지급됩니다!
-연계 퀘스트를 받았습니다.

역시나 뤼카와 계약한 건 탁월한 선택이었다.
고대의 정령 중에서도 특이한 능력을 가진 정령이었기에, 퀘스트는 뤼카와의 계약을 몹시 높게 쳐줬다.
'크, 영웅급 추가 보상이라.'
기본 보상에 영웅급 추가 보상까지, 기대 이상의 보상이었다.
'지금까지 퀘스트 클리어를 미뤄 뒀던 보람이 있다. 역시 뤼카를 선택한 건 틀리지 않았어.'
꽤 오랫동안 미뤄 둔 보람이 있었다.
에단의 마음을 아는지 모르는지, 뤼카는 천진난만한 얼굴로 에단을 빤히 쳐다보고 있었다.
'거기에 생존 확률도 꽤 올랐다. 안 그래도 요즘 들어 생존 확률이 계속 떨어지고 있었는데 말이야.'
이 절멸증으로 인한 생존 확률은 그 근본이 되는 절멸증을 고치지 않는 이상 계속해서 하락한다.

지금 에단이 건강을 유지하는 건 계속해서 강함을 추구하며 힘을 쌓아 가는 덕분이었다.

'허준의 능력이 아니었으면 신체는 여전히 쇠약한 상태였을 테고 말이야.'

이런 식으로 계속 몸을 관리해 주지 않으면 어느 틈에 다시 쇠약한 상태에 빠지게 될 수도 있다.

그렇게 되면 허준의 능력은 물론이고 다른 신들의 능력이 있다 한들 손도 못 쓰게 될지도 모른다.

'이런 식으로 계속해서 올려 둬야 해.'

언제 또 생존 확률이 크게 하락할지 모르는 법이다.

"그럼 보상을 확인해 볼까."

에단은 가장 중요한 보상을 확인했다.

-퀘스트 보상을 확인합니다.
-초인력을 얻었습니다!

"초인력?"

에단은 적잖게 놀랐다.

'야수왕, 그리고 사도가 가지고 있었던 힘. 이치를 벗어난 힘이다.'

그게 바로 초인력이었다.

-[무기의 달인][S]

-모든 무기를 다룰 수 있습니다. 저주받은 무기, 귀속 무기에 영향을 받지 않습니다.

"이걸 지금 여기서 준다고?"

에단의 어깨가 살짝 떨렸다.

기본적으로 초인력은 강력한 효과를 지녔지만 그중에서도 특별한 초인력이 있었다.

'보조 초인력.'

야수왕의 야수화처럼 주력이 되는 초인력과는 성향이 다른 보유자를 보조하는 계열의 초인력으로, 이 보조 초인력은 얻기가 무척이나 까다로웠다.

'보조 초인력 중 절반은 어떻게 얻는지 획득 경로가 불명인 경우가 많아.'

당장 에단이 얻은 이 무기의 달인 역시 그랬다.

"설마 이걸 보상으로 줄 줄은."

에단은 씩 웃었다. 평소보다 더 입꼬리가 올라가 있었다.

"엄청 얻고 싶은 초인력이었다고."

전혀 예상치도 못한 수확이 넝쿨째 굴러왔다.

"아마 보상을 최대로 이끌어 낸 덕분인 거 같은데, 역시 고대 정령을 선택한 건 옳은 판단이었어."

흐뭇한 보상에 에단이 웃자 뤼카가 그에 따라 컁, 하고 같이 웃는 듯한 소리를 냈다.

'먼저 시험해 볼까.'

보상 확인을 끝낸 에단은 곧장 온몸의 마나를 끌어올렸다.

'정말 적군.'

에단은 현재 12사도를 혼자서 쓰러트리고 마계 대공까지 단칼에 죽일 정도로 실력이 상승한 상태였다.

분류하자면 대륙 내에서도 강자 쪽에 분류된다고 볼 수 있었다.

'내 지식에 신세계의 능력까지 더해져 꽤 강해졌으니까.'

하지만 그 강함에 비하면 지금 에단의 마나는 정말 형편없는 수준이었다.

'그래도 지금 내 몸 상태를 생각하면 이게 최선이라고 볼 수 있어.'

절멸증에 걸린 몸으로 이 정도 마나를 가지고 있다는 것 자체가 기적이나 다름없는 일이었다.

에단이니까 이 정도나마 마나를 보유하고 있는 것이다.

에단은 끌어올린 마나를 그대로 손에 모았다. 그러고는 뤼카에게 그 손을 내밀었다.

"뤼카."

그러자 뤼카가 휙 돌더니 풍성한 꼬리를 에단에게 내밀었다. 에단은 마나를 모은 손으로 그 꼬리를 쥐었다.

샤악-.

손에 모인 마나가 그대로 뤼카에게 전해졌다. 에단의 마나를 받은 뤼카의 꼬리가 부풀어 올랐다.

**-마나를 보관했습니다.**
**-마나 전달 기능이 활성화되었습니다.**

"대충 이런 방식인가."

에단이 거친 숨을 내몰아 쉬며 그 자리에 주저앉았다. 얼마 있지 않은 마나를 끌어다 쓴 탓에 순식간에 진이 빠져 버렸다.

겨우 숨을 돌린 에단이 다시 뤼카에게 손짓했다.

"이제 내게 마나를 보내 줘."

"컁!"

아까처럼 손을 내밀려고 하자 뤼카가 뒤로 몇 걸음 물러났다.

"뤼카?"

순간 에단의 눈에 무언가가 보였다.

'실?'

뤼카와 자신 사이에 아주 얇은 실이 이어져 있었다.

샤아아아악-.

뤼카에게 넘겨줬던 마나가 그대로 돌아오고, 그와 동시에 지친 에단의 몸에 활력이 돌아왔다.

"됐다."

근데 뭔가 이상했다.

"어? 마나가 더 돌아온 거 같은데?"

하지만 이내 더 추가로 들어온 마나는 사라졌다.

"설마."

에단이 뤼카를 보았다.

"내 몸이 감당할 수 있는 마나의 총량보다 더 많은 양을 전해 줄 수 있는 건가?"

그렇다면 이야기가 또 달라진다. 단순히 마나를 넘겨 주는 데서 그치지 않고 더 많은 양의 마나를 전해 준다는 소리였다.

'그렇다면 내 몸에 큰 무리가 가지 않는 선에서 더 많은 마나를 활용할 수 있어.'

게다가 허용량 이상의 마나가 들어오더라도 사용하지 않으면 금세 사라지니 몸의 부담을 걱정할 필요도 없었다.

"마나의 주인이라고 하더니, 이렇게까지 마나를 잘 다룰 줄은 몰랐어."

그 능력에 따라 감히 마나의 주인이라 칭할 만했다.

에단 휘커스로 살아남기 그 세 번째 퀘스트를 클리어해서 얻은 영웅급 보상에 고대 정령인 뤼카까지.

"이러니 어려운 퀘스트들을 찾아서 하는 거지."

그 보상이 이렇게도 확실하니, 위험을 감수하더라도 어

려운 퀘스트를 진행하는 게 성장하는 데 가장 효율적이라고 볼 수 있었다.

"그럼 이제 네 번째인가."

이 저주받은 육체, 에단 휘커스로 살아남기 네 번째 퀘스트.

'몇이 끝인지는 모르겠지만.'

이 퀘스트가 길잡이 역할을 해 주는데다 보상까지 괜찮았으니, 에단은 적어도 열 번째 퀘스트까지 있기를 바랐다.

*《〈에단 휘커스로 살아남기 -4〉》
〈당신은 생존 확률 10퍼센트 이상에 도달했습니다. 직업을 얻었고 당신을 지켜 줄 수 있는 존재와 계약을 맺었습니다.〉
〈하지만 여전히 언제든지 죽을 수 있는 상태입니다.〉
〈살아남기 위해 생명의 비약을 구하십시오.〉

이번엔 다른 형태의 퀘스트였다. 지금까지는 에단의 선택을 중심으로 이루어지는 퀘스트였지만 이번엔 물건을 구해 오는 퀘스트였다.

게다가 퀘스트가 요구하는 물건이 또 문제였다.

'생명의 비약을 구하라고?'

에단이 살짝 당황했다.

생명의 비약은 메판에서 가장 유명한 비전 영약이었다.

'효과도 효과지만 이 영약이 유명한 이유는 따로 있지.'

이 생명의 비약은 쉽게 얻을 수 있는 게 아니었다.

직접 만드는 건 불가능해, 이 생명의 비약을 가지고 있는 존재에게서 얻어야만 했다.

그런데 하필 그 존재가 또 문제였다.

"드래곤."

비약을 가진 존재는 악명 높은 드래곤 디트리니르였다.

드래곤 디트리니르.

이 드래곤의 별명은 꽤 재밌었다.

'드래곤 슬레이어 슬레이어.'

드래곤 슬레이어를 역으로 사냥한다고 해서 그런 별명이 붙을 정도로 강력한 드래곤이었다.

'이 악명 높은 드래곤 디트리니르가 생명의 비약을 가지고 있어.'

드래곤은 메판에서 접할 수 있는 최강의 생물 중 하나였다.

물론 드래곤 이외에도 강력한 몬스터들이 여럿 있어 메판 최강의 몬스터를 두고 갑론을박이 벌어지기 일쑤였지만, 드래곤이 그중에서 세 손가락 안에 꼽힐 정도로 강력하다는 건 누구나가 인정하는 바였다.

'당장 내가 문포스의 후예 직업을 얻을 때 만났던 드래

곤도 엄청났으니까.'

에단은 이 디트리니르가 어디에 있는지 이미 알고 있었다.

드래곤의 언덕.

자세한 위치는 알려지지 않았으나 이름만큼은 디트리니르의 악명만큼이나 유명한 레어였다.

아마 지금도 계속해서 도전자들이 그곳을 찾고 있을 테지만, 꽁꽁 숨겨진 레어에 도착하는 이들은 극소수일 것이다.

'그리고 그 극소수들은 디트리니르에게 잡아먹히고 말이야.'

디트리니르가 어디에 있는지는 알지만 사냥을 위해서 가 본 적은 없었다.

'단순한 이유였지. 디트리니르를 잡아서 얻는 이득보다 위험성이 훨씬 더 높았으니까.'

위험도에 비해서 얻을 수 있는 게 적어서였다.

'죽여야 한다면 그에 맞는 보상이 있어야 하는데, 디트리니르는 그 보상이 현저히 적었으니까 말이야.'

드래곤은 강력하다. 홀로 대도시 하나를 부술 수 있을 만큼 압도적인 무력을 자랑한다.

게다가 레벨도 일반적인 몬스터와 격이 다르니, 과거 에단이 문포스의 후예 직업을 얻을 때 보았던 화룡왕의 레벨은 무려 100이었다.

"죽이는 것보다 더 좋은 방법이 있을 수도 있어."

에단은 고민에 고민을 거듭했다.

'잠깐만.'

고민하던 에단은 퀘스트 자체를 다시금 생각하게 되었다. 퀘스트의 내용은 생명의 비약을 구하라는 것이었다.

그 내용을 처음 봤을 땐 이전의 퀘스트와 달리 에단의 판단과 선택이 개입할 부분이 없을 거라 생각했다.

'아니야, 개입할 여지가 있어. 분명 생명의 비약을 구해 오라고만 적혀 있지만, 결국엔 어떻게 구하느냐가 분명 퀘스트 보상에 영향을 줄 수 있을지도 몰라.'

그렇다면 당장 에단이 선택할 수 있는 방법은 두 가지다.

'훔치는 것.'

그리고 다른 하나는 드래곤을 죽여서 생명의 비약을 얻는 것이다.

'하지만 이 두 가지 방법으로는 큰 보상을 기대할 수 없겠지. 가장 기본적이고 단순한 방법이니까.'

"다른 방법이 있지."

에단은 곧장 신세계를 검색했다.

[드래곤 길들이기]

언젠가 봤던 영화의 이름.

하지만 지금 당장 에단이 원하는 능력이 딱 이거였다.

[용살자 지크프리트]

이윽고 알고리즘이 알려 준 신은 아주 유명한 신으로, 에단 또한 익히 알고 있는 신이었다.

하지만 그 신의 이명이 문제였다. 알고리즘을 믿지만 아무리 생각해도 이건 아니었다.

"아니, 이건 죽음으로 길들이는 거잖아. 이건 안 돼."

말 그대로 길들여야 했다. 그래야 생명의 비약을 얻을 수 있을 테니.

하지만 알고리즘은 달리 다른 좋은 신을 추천해 주지 않았다.

'알고리즘의 효과를 다 써 버린 건가? 아니면 달리 적합한 신이 없는 건가?'

잠시 고민했지만, 나오는 답은 하나였다.

"알고리즘의 강화가 필요한 때인 거 같군."

에단은 곧바로 질문 게시판으로 들어갔다.

-[알고리즘 강화권 : 내공 200개]

"이걸 쓴다."

에단은 질문 게시판에 올라와 있는 수많은 질문들을 확인하고 빠르게 답변을 달기 시작했다.

-허준 님 침술이 혈 찾기가 어려운데, 어떻게 하면 잘

찾을 수 있나요?

-[제대로 된 신만 구독함] : 호루스 님 구독해서 호루스의 눈 굿즈 사시면 엄청 쉽습니다.

답변은 질문자의 선택을 받아야 내공을 얻을 수 있다.

'내 팁을 공유한다는 느낌으로 써야 한다. 최대한 질문자가 방향으로.'

에단은 이후로도 수많은 질문에 답변을 적어 갔다.

하지만 내공은 그리 쉽게 얻을 수 있는 게 아니었다.

"어차피 지금 당장 모든 내공을 얻으려고 한 건 아니야. 틈틈이 답변을 작성해서 알고리즘 강화권을 사야겠어."

알고리즘을 강화하면 분명 드래곤을 길들일 수 있는 좋은 신을 찾아서 추천해 줄 터.

'믿는다, 알고리즘.'

에단은 곧장 신세계를 종료했다.

"자, 그럼 돌아가자, 뤼카. 가서 놀라게 해 주자고."

에단이 실패했을 거라고 생각하고 있을 이들에게 결과를 보여 줄 차례였다.

\* \* \*

"우리가 알고 지낸 세월이 꽤 되지, 마탑주."

"예, 한센 님. 세는 게 무색할 정도로 꽤 오래 인연을 이어 왔죠."

"그래서 하는 말일세. 이 의식의 성공 확률을 몇 퍼센트로 보나?"

한센의 말에 미카엘이 침묵했다.

그가 무슨 의미로 이런 말을 하는 건지 아주 잘 알았다.

고대 정령 의식은 그 성공 확률이 무척이나 낮은 의식이었다.

사실상 이 의식은 11층에 진입할 권한을 얻는 것일 뿐.

그곳에서 고대 정령과 계약을 맺는 건 온전히 에단의 몫이라고 볼 수 있었다.

"고대 정령들은 결코 선한 존재가 아니야. 자네도 알지 않나?"

"알고 있습니다."

진짜 고대 정령이 존재하는 건지는 모른다.

하지만 설화 속의 고대 정령들은 정말 제멋대로였다.

선한 이들에게 선함을 행하는 건 기대할 수 없었다.

그것들은 오로지 자신이 하고 싶은 대로만 하는 존재들이라고 전해지고 있었다.

물론 그 이름에 걸맞게 강력한 힘을 가지고 있다고 한다. 그러니 설화 속의 영웅들은 어떻게 해서라도 고대의 정령과 계약을 맺고 싶어 한 것일 터.

"의식을 무사히 완수하려면 그 고대 정령들과 계약을

맺어야 하네. 하지만 고대 정령이 과연 인간과 계약을 맺어 줄까? 죽지나 않으면 다행이겠지. 무엇보다 그곳에 고대 정령이 있는지조차 모르지 않나?"

그 말인즉 고대 정령을 만나기는커녕 그대로 심연에 갇혀 죽었을 가능성이 높다는 뜻이었다.

"확실히 말했어야 했네. 고대 정령은 없다고. 만약 있다 하더라도 그들은 선하지 않다고."

한센이 혀를 찼다.

"한센 님이 무얼 걱정하시는지 압니다. 이 모든 일이 무의미하다 생각하시는 것도 압니다."

당장 미카엘도 처음 에단의 말을 들었을 땐 고개를 절레절레 저었었다.

전설 속의 이야기라고. 이미 고대 정령은 다 사라지고 없다고.

"전 말입니다. 프로체슈트에 더 이상 가망이 없다는 말을 들었을 때 강하게 부정했습니다. 하지만 다른 사람들의 눈에 프로체슈트는 이미 죽은 땅이었죠. 끝장나 버린 땅이요. 다시는 부활할 수 없는 그런 땅으로 보였을 겁니다."

그 말에 한센이 인상을 썼다. 그 말대로였다. 이 땅은 더 이상의 가망이 없는 곳이었다.

그 역시 긴 시간 동안 생기를 잃은 프로체슈트를 지켜봐 왔으니.

어느 누가 죽음으로 가득한 이 땅을 되살릴 수 있을까 의심하는 건 당연한 일이었다.

하지만 보라.

죽음으로 가득했던 이 땅엔 그 기억이 무색하게 신록이 우거진 상태였다.

"에단 휘커스 님은 다릅니다. 지금껏 만나 온 그 어떤 사람보다도 그 말에 신뢰가 가는 분입니다. 그분이 가능하다고 했습니다. 그럼 가능한 겁니다."

미카엘 마탑주는 이미 에단의 열렬한 신봉자가 되어 있었다.

"허 참."

사실 한센 또한 에단이 이끈 결과에 경악하고 있었다.

이 죽은 프로체슈트 땅을 되살릴 수 있는 사람이 있을 거라곤 감히 생각조차 하지 못했으니.

때문에 그는 자신의 인생을 걸고 에단을 부정할 수밖에 없었다.

그게 그가 지금껏 다져 온 상식이었기 때문이었다.

하지만 지금 마탑주의 말은 설득력을 갖추고 있었다. 이미 한 차례 불가능한 일을 성공시킨 에단이다. 그 결과를 직접 보았기에, 자신도 모르게 희망을 가지고 있었다.

지금 당장 에단이 정말 고대 정령과 계약을 맺고 돌아오는 게 아닐까 하고.

"한번 지켜보자고. 그가 살아서 돌아올지, 돌아온다면

정말 고대 정령과 계약을 맺었을지."

그렇게 말하는 한센의 목소리는 떨리고 있었다.

만약 에단이 정말 무사히, 거기에 고대 정령과 함께 돌아온다면 자신도 환희에 찰 것 같으니 말이다.

쿠우웅-!

굉음과 함께 에단 주변에 강렬한 기운이 퍼져 나갔다.

그리고 에단이 천천히 눈을 떴다.

"에단 님!"

에단이 움직이자 미카엘이 다급하게 뛰어가 에단을 부축했다. 에단은 천천히 심호흡을 하며 자신의 몸 상태를 확인했다.

"괜찮으십니까?"

"괜찮습니다."

"저 혹시……."

미카엘이 송구스럽다는 표정으로 에단의 눈치를 보았다. 에단은 그가 왜 이러는지 잘 알았다.

'내가 실패했을지도 모르니까.'

고대 정령 의식은 성공하는 것만으로도 기적 같은 일이었다.

그뿐만 아니라 정령 계단의 11층에 올라 고대 정령과 계약하는 건 훨씬 더 어려운 일이었다.

"성공…… 하셨습니까?"

만약 에단이 성공했다면 표정이 굉장히 좋았을 텐데.

워낙 에단의 표정 변화가 없으니 묻는 것 자체가 조심스러웠다. 하지만 이 질문은 이곳에 있는 모두가 궁금한 질문이었다.

100년이 넘는 시간 동안 그 누구도 고대 정령과 계약하지 못했다고 들었다.

정령왕과 계약한 사례는 있지만 고대 정령과 계약한 사례는 근 100년 사이에 단 한 번도 없었던 것이다.

만약 에단이 성공했다면…….

자신들도 그 고대 정령 의식을 성공시킨 정령사로 역사에 이름을 남길 가능성이 있었다.

두근거리며 모두가 에단의 입에 집중했다.

그중 가장 긴장하고 있는 건 역시나 대마법사 한센이었다.

에단은 마탑주에게 옅게 웃으며 고개를 흔들었다. 이제 자기 힘으로 서 있을 수 있으니 괜찮다는 뜻이었다.

똑바로 선 에단은 이 자리에 모인 이들과 한 차례씩 눈을 마주쳤다.

"다들 고생하셨습니다."

고대 정령 의식은 쉬운 게 아니다.

당장 지금 이 자리에 모인 정령사들만 하더라도 모두 마나가 바닥난 상태였다.

에단은 우선 그들부터 칭찬했다.

그러고는 곧장 한쪽 손을 올렸다.

그와 동시에 그 손에 새겨져 있던 문양이 빛났다.

샤아아아악-!

가장 먼저 눈치챈 건 한센이었다.

이 자리에서 가장 많은 마나를 가지고 있는 한센이었기에 에단에게서 느껴지는 강대한 마나의 파동을 알아챌 수 있었다.

"정령……."

에단이 소환한 건 정령이었다.

지금껏 그가 접해 온 정령과 그 무엇 하나 닮지 않은 새로운 형태의 정령.

"고대 정령이다……."

"캬-!"

뤼카가 하늘을 향해 포효했다. 몹시도 귀여운 포효였다.

그와 동시에 한센의 모든 상식이 무너져 내렸다.

"덕분에 무사히 계약을 맺었습니다."

에단의 어깨에 뤼카가 살며시 자리 잡았다.

"에단 님!"

역시 그럴 줄 알았다는 듯이 감탄한 미카엘이 에단에게 다가왔다.

"고대 정령…… 정말 있던 거였어!"

"진짜 고대 정령과 계약을 맺으시다니……."

에단을 바라보는 정령사들의 시선이 완전히 달라졌다.

영지를 구한 영웅. 거기에 더해 이제는 고대 정령과 계약까지 맺은 전설의 정령사라고 봐도 무방했다.

"로안나가 그렇게 입이 마르도록 칭찬했을 땐 솔직히 긴가민가했었는데······."

"이제야 그 이유를 알겠어."

"축하드립니다, 에단 님!"

"축하드립니다!"

모두가 에단을 축하하는 가운데 한센이 다가왔다.

한센의 표정은 그리 좋지 않았다. 당연한 일이었다.

'계속 실패할 거라 했는데, 보란 듯이 성공해 버렸으니.'

아마도 그의 마음 속에 다양한 감정이 휘몰아치고 있을 것이다.

'여기서 결정이 나는 거지. 어떤 반응을 보이느냐에 따라서.'

화를 내며 거짓이라 몰아붙일 수도 있다.

자신이 틀렸다는 걸 인정하지 못해 도리어 상대를 압박하는 경우는 흔치 않게 볼 수 있다. 특히 고위 귀족이나 꽤 대단한 성과를 이룬 이들이 그런 모습을 자주 보였다.

"미안하오."

그러나 한센은 고개를 꾸벅 숙이며 사죄했다.

설마 그 자존심 강한 한센이 사과할 줄은 몰랐는지, 미카엘이 살짝 놀란 표정을 지었다.

"내 상식 내에서 이건 불가능한 일이었소. 그래서 혹여나 일이 잘못될까 봐 걱정되어 그랬소."

"이해합니다."

에단이 고개를 끄덕이며 슬며시 미소 짓자 한센이 놀란 표정을 지었다.

전적으로 이는 모두 자신의 무례함에서 비롯된 일이었다.

가령 에단이 화를 내거나 비아냥거려도 뭐라 할 말이 없는 상황이기도 했다.

그런데 이렇게 웃어 줄 줄이야.

"어째서 미카엘 마탑주가 자네를 믿는지, 이제야 알 것 같군."

한센은 그렇게 말하고는 품에서 무언가를 꺼냈다.

"그건……."

펠릭스의 문양이 새겨진 황금패였다.

"자네가 이 프로체슈트에서 이룩한 업적들이 얼마나 대단한지 내 두 눈으로 똑똑히 보았네. 괜찮다면 정식으로 펠릭스 가문에 초대해 펠릭스의 어르신들에게 자네를 소개하고 싶군."

에단은 무덤덤했다. 한센의 말에 오히려 미카엘 마탑주가 흥분한 표정을 지었다.

십이성 가문의 한 축인 펠릭스 가문의 초대는 특별한 것이었다.

펠릭스 가문은 제국 내에서 고위 장교와 고위 공직자들을 많이 배출해 낸 가문이었으니, 초대한 이들에게 어떤 방식으로든 크나큰 보상을 해 주는 것으로 유명한 가문이었다.

"이 황금패를 받아 주겠나?"

에단은 잠시 고민하는 척 제스처를 취했다.

그러자 한센이 당황하는 표정을 지었다.

이걸 고민한다고?

"일단 받아 두겠습니다. 감사드립니다."

순식간에 주도권이 에단 쪽으로 다시 넘어왔다.

'슬슬 십이성과 접촉할 생각이었는데.'

이렇게 불러 준다면야 에단으로선 굉장히 좋은 일이었다.

하지만 냉큼 갈 생각은 없었다.

"하지만 바로 갈 수는 없을 것 같습니다. 제가 날짜를 정하지요. 그 날짜에 방문하도록 하겠습니다."

언제나 예의 있게.

하지만 그 주도권은 확실히 쥐고 있어야 한다.

"아, 아아, 알겠네. 그럼 언제쯤······."

한센은 살짝 당황한 표정을 지었다. 지금껏 십이성에 속한 가문인 펠릭스 가문의 초대를 받고 방문을 미루는 사람은 없었다.

상대가 에단이라 해도 당연히 바로 가겠다고 말할 줄 알았건만.

"제가 아카데미의 교사인지라. 아카데미의 일정을 보고 말씀드리도록 하겠습니다. 그럼."

에단이 망설임 없이 뒤돌아섰다. 그 모습을 한센이 멍하니 쳐다보았다.

"축하드립니다, 한센 님. 에단 님이 펠릭스 가문을 방문하게 되다니요. 펠릭스 가문 입장에서도 굉장한 영광일 겁니다."

"으, 응?"

한센은 무슨 소리인가 싶어 의아한 표정으로 미카엘을 쳐다보았다.

"오늘부터 영지에서 축제를 벌일 겁니다. 시간이 되신다면 즐기고 가십시오."

미카엘은 그 말을 끝으로 정령사들과 함께 에단의 뒤를 따라 뛰었다.

"같이 가시죠! 에단 님!"

"저희가 모시겠습니다!"

# 6장

6장

"됐다, 완전히 이걸로 자리를 확실히 잡았어."

에트닝은 에단이 보면 놀랄 정도로 계획을 완벽하게 진행하고 있었다.

상품의 퀄리티가 좋다면 에트닝은 그 누구에게라도 그 상품을 팔 수 있었다.

에단의 계획과 물건의 퀄리티 그리고 에트닝의 수완이 맞물리니 특수 골렘은 날개 돋친 듯 팔려 나갔다.

다비드 상단 내에서도 에트닝이 가지고 오는 엄청난 이득에 그에게 계속해서 지원을 보내고 있었다.

그뿐만이 아니었다. 예전부터 에트닝에게 시비를 걸던 부상단주 또한 태도를 바꿔 그를 입이 마르도록 칭찬했다.

그러면서 은근슬쩍 한 발 걸치려고 하는 게 아닌가.

"어쩜 저리 추잡스러운지."

상황이 어떻게 돌아가는지 전혀 파악이 안 되는 모양이었다.

"이미 늦었어."

에트닝은 에단과의 대화를 통해 확실히 마음을 굳힌 상태였다.

언제까지고 다비드 상단의 상인으로 남을 생각은 없다.

"더 크게."

그리고 더 확실하게.

그녀는 이 일을 기점으로 다비드 상단을 완전히 삼켜 버릴 생각이었다.

그녀는 특수 골렘 판매로 실적을 올리는 것과 동시에 상단의 다른 간부들과 은밀한 회동을 가졌다.

다비드 상단은 결코 자그마한 상단이 아니다.

상단주 홀로 이 거대한 상단을 이끌어 나갈 수는 없기에, 상단의 업무를 나눠 맡는 이들이 있었다.

'상단의 중심이 되는 상인들.'

우선 대상인이라 불리는 이들을 회유해야 했다. 그들을 포섭한다면 다비드 상단을 갈가리 찢어 놓을 수 있다.

그 후엔 떨어져 나온 다비드 상단을 삼키고 이름을 그대로 계승, 마지막으로 새로운 귀족 후원자를 찾으면 계획은 끝이다.

'후원자 문제는 너무 쉽게 끝났어.'

계속해서 특수 골렘을 잘 팔고 있으니 그쪽과의 관계는 꽤 괜찮았다.

'물론 그렇게 한다고 상단주의 숨통을 완전히 끊을 수 있는 건 아니니까.'

"해 보자고."

이제 준비는 됐다.

어떤 결말을 맞든 오늘 밤 새로운 다비드 상단이 하나 더 생겨날 것이다.

\* \* \*

에단 덕분에 마탑에서 일하게 된 예리카는 충격적인 사실들을 하나하나 파악해 가고 있었다.

"망할 새끼들."

할아버지는 아무런 죄가 없었다.

그저 강했을 뿐이다.

하지만 놈들의 청탁을 받아 주지 않았다는 이유 하나만으로 잔혹하게 살해당하고 말았다.

"십이성, 이 빌어먹을 놈들!"

대륙의 권력을 꽉 잡고 있는 열두 가문이 문제였다.

할아버지의 죽음에 모든 십이성 가문이 호응한 건 아니었으나, 그 모든 음모를 알고 있었음에도 방관한 것 역시 사실이었다.

"너희들에게도 죄가 있어."

그렇다면 그 죄를 묻고 복수를 하는 게 자신이 할 일이었다.

그리고 첫걸음은 당연히 이 마탑을 접수하는 것이었다.

"가면 모든 걸 알 수 있을 거라 하시더니…… 이런 거였군요, 에단 님."

그녀는 이 마탑에 온 이후로 할아버지와 얽힌 이야기들을 굉장히 많이 알게 되었다.

그뿐만이 아니었다. 할아버지가 남긴 마법 중 그 공식을 이해하지 못했거나 숨은 뜻을 알 수 없었던 것들도 다 파악할 수 있게 되었다.

"이렇게까지 했는데도 뒤통수를 맞게 될 줄이야."

에단은 여기에 이런 게 있다는 걸 모두 알고 있었을 것이다. 그렇기에 그는 예리카를 이곳으로 보낸 것일 터.

"복수는 누군가에게 맡기는 게 아니라 스스로 하는 거니까."

에단은 그저 그 복수를 도울 뿐.

"이래서 제가 에단 님을 따를 수밖에 없는 거예요."

예리카가 미소 지었다.

무척이나 섬뜩한 미소였다.

그녀는 에단이 오기 전까지 차근차근 복수를 준비할 생각이었다.

그 첫 타깃은 모든 걸 내줬음에도 할아버지를 외면한 이 마탑이었다.

"관련자를 싹 다."

죽일 것이다.

　　　　　　* * *

"벌써 가시는 거예요? 오늘부터 축제인데, 축제라도 즐기고 가셔야죠! 축제의 주인공이 선생님이신데요!"

"해야 할 일이 있다, 로안나. 방학은 꽤 남았지만 눈 한 번 깜빡이면 순식간에 끝나. 그러니 이번 일을 곱씹으면서 열심히 공부하도록."

"네, 선생님. 정말 감사드려요."

로안나는 에단과 함께했던 이 짧은 기간을 잊지 못할 것 같았다.

"그리고 프로체슈트의 영지민으로서도 감사드려요, 선생님."

그녀는 진심을 다해 고개를 숙였다.

이제 프로체슈트는 완전히 변할 것이다.

"선생님 덕분에 프로체슈트는 크게 발전할 수 있을 거예요. 이번 일은 두고두고 갚아 나갈게요. 이미 아버지와도 이야기를 다 나누셨겠지만."

그녀가 환하게 웃으며 말했다.

"지켜봐 주세요, 선생님."

"그래, 네게는 공부만큼이나 중요한 일일 테니까."

프로체슈트 영지의 일원으로서, 로안나는 이제부터 꽤 바쁘게 움직여야 할 것이다.

"금세 또 보게 될 테니. 잘 지내고 있도록, 로안나."

프로체슈트 영지와는 이제 여러모로 협업을 진행할 예정이니, 가까운 시일 내로 또 만나게 될 것이다.

그렇다면 이별은 빠를수록 좋았다.

가볍게 인사를 마치고 프로체슈트 영지를 떠난 에단은 곧장 중앙 쪽으로 방향을 잡았다.

'슬슬 시간이 됐어.'

방학도 이제 절반이 훌쩍 지나갔다.

곧 방학 중 가장 중요한 이벤트가 열리니, 이제부터 그에 대한 준비를 해야 했다.

'신입 교사들을 위해서 아카데미들이 협력해서 하는 행사가 있지.'

이른바 신입 교사 연수라 불리는 행사였다.

이베카 아카데미뿐만이 아니라 대륙의 여러 아카데미들이 협력하여 개최하는 행사로, 각 아카데미 신입 교사들의 실력 증진과 교류가 목적이었다.

'물론 이 행사의 의도는 아카데미 간의 격차를 줄이고 신입 교사들의 실력을 증진시켜 여러 좋은 학생들을 배출해 내는 거지. 하지만 실상은 각 아카데미에 얼마나 훌

륭한 교사들이 신입으로 들어왔는지 자랑하는 자리야.'

그렇다 보니 신입 교사들에게도 여러모로 자극이 되는 행사였다. 신입 교사의 능력과 행사 중 실적에 따라 은연중에 아카데미 간의 서열이 정해지기 때문이었다.

'그래도 행사의 이름이 연수니까 말이야. 배울 수 있는 자리라는 거거든.'

신입 교사 연수 행사의 개최지는 항상 달라지는데, 대부분 고위 귀족 가문의 저택 내에서 열린다.

대륙 내에서 내로라하는 아카데미의 교사들을 초빙하는 자리였기에, 귀족 가문에서는 이름난 강자들을 초빙하거나 가문의 식객들을 스승으로 내세우곤 했다.

'신입 교사들을 가르치는 스승으로 이름난 이들이 많이 오거든.'

제국 황실 기사단장이 오는 경우도 있고 창천의 마검사처럼 대륙 전역에 이름난 이들이 오기도 한다.

'황실의 교육관이 오는 경우도 있고 말이야.'

물론 신경 써야 할 이유는 그것만이 아니었다. 이 신입 교사 연수는 사실상 연말에 열릴 아카데미 교류제의 예고편이라고도 볼 수 있었다.

'물론 전부 신입 교사니 아카데미 교류제에 나오는 일은 없을 테지만, 예외는 언제나 있기 마련이니까.'

당장 에단이 그랬다.

'다른 아카데미는 몰라도 프레이야 아카데미의 신입 교

사 중에 아카데미 교류제에 나오는 사람이 있을 거야.'

에단의 계산대로라면 분명 그 교사가 나올 것이다.

그 교사가 나온다면 지체 없이 이쪽으로 포섭해 와야 했다.

'안 그러면 달의 추종자 쪽으로 넘어가 버리거든.'

이렇게 여러 이벤트들이 몰려 있으니, 신입 교사 연수는 여러모로 굉장히 재밌는 자리였다.

게다가 쌓을 수 있는 업적도 다양했다.

'이제부턴 계속해서 업적에 신경을 써야 돼.'

새로운 신을 구독하는 데 드는 좋아요 수는 계속해서 늘어난다.

또한 영상을 보기 위해서도 좋아요가 충분해야 했다.

'뭐든 부족한 것보단 과한 게 낫지.'

그 연수가 이제 보름 정도 남았다.

"그럼 남은 시간을 잘 써 봐야겠는데."

에단은 이번 기회에 뤼카를 제대로 한 번 써 볼 생각이었다.

마나의 주인이라는 거창한 이름답게, 지금까지 에단의 발목을 잡았던 부족했던 마나를 어느 정도 충족시켜 줄 수 있는 정령이었으니.

'겸사겸사 미리 얻어 놔야 하는 것도 있고 써야 하는 것도 있으니까.'

에단은 프로체슈트에 오기 전, 홀리라이트 교단에 굉

장히 많은 기부를 했었다.

하지만 그것만으로는 모자라다.

'성녀가 아주 가끔이지만 교황을 만날 때 주교 이상의 인선들 몇몇과도 만난다고도 들었다.'

당장 성녀를 만날 가능성이 가장 높은 건 주교가 되는 것이다.

하지만 에단이 홀리라이트 교단에 귀의하는 건 그다지 효율적인 방법이 아니다. 그러니 교단에 속하는 것이 아닌 다른 방법으로 주교가 될 방법을 물색해야 했다.

물론 에단은 그 방법 역시 잘 알고 있었다.

'명예 주교직.'

홀리라이트 교단에 속하진 않지만, 다방면으로 홀리라이트 교단의 일을 도우며 인정받는 위치였다.

명예 주교직을 얻고 적극적으로 업적을 쌓는다면 에단의 명성이 더 널리 퍼지게 될 터.

'성녀의 귀에도 들어갈 수 있겠지.'

에단이 노리는 게 바로 그것이었다. 정말 귀에 들어갈지는 알 수 없지만 적어도 그 가능성을 만들어 두는 것이 중요했다.

'확률은 언제나 높여 둘수록 좋은 거거든.'

그렇다면 그 명예 주교직을 얻기에 가장 확실한 방법은 무엇일까.

바로 명확한 실적이다.

"12사도가 죽었다는 이야기가 더 퍼지기 전까지, 이걸 빠르게 써먹는다."

마침 에단에겐 홀리라이트 교단의 눈에 들기에 차고 넘칠 만큼 확실한 실적이 있었다.

\* \* \*

홀리라이트 교단 남부 지구.

"에단 휘커스라는 분께서 기부 의사를 타진해 오셨습니다."

"흠, 지금까지 얼마나 기부했지?"

"1억 골드가 넘었습니다."

"1억?"

"그간 기부를 많이 하시기도 했고, 빈센트 주교의 말을 들어 보니 굉장히 신실하시다고 합니다."

"음, 빈센트 주교는 꽤 믿을 만한 주교였지요?"

"예, 자신의 판단을 중심으로 교단이 추구하는 삶을 사는 이로, 선을 베풀고 진리를 탐구하는 훌륭한 주교입니다."

교단의 남부를 총괄하는 남부 총괄 대주교 이노신은 자신의 수염을 매만졌다.

"그리고 마침 이베카 아카데미 쪽에 보고가 들어온 게 있습니다. 달의 추종자와 충돌이 있었는데 그 수습을 에단 휘커스 님께서 하셨다고 하더군요."

"음."

대주교는 잠시 고민하더니 이내 자리에서 일어났다.

"에단 휘커스 님을 만나 봐야겠군요. 그가 어떤 생각을 가지고 있는지 확인해야겠습니다. 그리고."

대주교의 표정이 차갑게 굳었다. 방금 전의 인자했던 얼굴이 거짓말 같을 정도였다.

"달의 추종자 놈들이 보낸 첩자인지도 확인해야겠지요."

"예, 준비하겠습니다."

\* \* \*

늦은 밤.

"좋군."

에단은 달빛이 쏟아지는 고급 여관의 테라스에서 차를 마시며 여유를 즐기고 있었다.

하지만 그 여유도 잠시.

꺄아악-!

비명 소리와 함께 에단의 앞에 검은 인영이 나타났다.

찰랑-.

순간 착지하는 그의 목에 목걸이 하나가 슬쩍 보였다.

한눈에 봐도 정체를 알 수 있는 특유의 문양.

분명 달의 추종자의 문양이었다.

순간 에단과 눈을 마주친 복면 사내가 옆구리에 낀 여성의 목덜미를 그대로 후려쳤다. 그러자 반항하고 있던 여성이 축 늘어졌다.

복면 사내는 쉿, 하는 제스처를 취했다.

"훈련이라도 하나 봅니다?"

"……."

에단은 천천히 자리에서 일어섰다. 분명 위험한 상황임에도 그는 무척이나 여유로웠다. 오히려 복면인이 긴장하며 허리춤에서 단검을 꺼내 들었다.

하지만 에단은 여전히 아랑곳하지 않았다.

"홀리라이트 교단에서 오셨지요?"

'생각보다 더 빨리 찾아왔군.'

눈앞의 복면인은 정말 달의 추종자가 아니다.

'아마 의심스러웠겠지. 무려 1억 골드를 쾌척하며 명예 주교직을 노리고 있으니까 말이야.'

그러니 에단이 달의 추종자의 첩자인지 아닌지 직접 확인하러 온 것일 터.

'이런 짓을 할 사람은 한 명밖에 없지.'

누구든 한없이 의심하는 자.

홀리라이트 교단의 신성한 망치.

에단은 복면인이 이노신 남부 총괄 대주교임을 확신했다.

"분명 신성력은 잘 감췄을 텐데요."

"신성력은 잘 감추셨습니다."

그저 에단이 이노신의 특징을 알고 있었을 뿐이었다.

그의 성향을 알고 있음은 말할 것도 없다.

결정적인 것은 그 특유의 움직임. 그 움직임을 호루스의 눈이 포착했기에 그 정체를 알아챌 수 있었다.

'그걸 몰랐다면 감쪽같이 속지 않았을까 싶을 정도야. 정말 대단한 연기력이긴 해.'

"처음 뵙겠습니다, 대주교님."

에단이 순식간에 정체까지 파악하자 이노신은 멍한 표정을 지었다.

이윽고 이노신이 어이가 없다는 표정으로 복면을 벗었다.

"어떻게 알았죠?"

그 물음에 에단이 미소를 지으며 손을 내밀었다.

"그냥 때려 맞혔는데, 정말 대주교님이실 줄은 몰랐습니다."

이노신 대주교의 표정이 한껏 구겨졌다.

\* \* \*

홀리라이트 교단 남부 지구.

이노신의 방은 신성하다는 느낌이 들 정도로 새하얬다.

방에 들어선 에단과 이노신 대주교가 서로 마주보고 앉았다.

"달의 추종자 놈들이 워낙 영악하다 보니 실례를 무릅쓰게 되었습니다. 놈들은 저희 교단에 지금까지 수없이 많은 첩자를 보내 왔습니다."

이노신 대주교가 멋쩍은 얼굴로 이번 일에 대한 전말을 이야기해 주었다.

"그래서 제 나름대로 확인해 보려던 바였습니다만, 설마하니 시작도 못하고 들킬 줄은 몰랐습니다."

이노신 대주교의 옆에는 아까 전 테라스에서 대주교에 의해 기절한 척을 하고 있던 주교가 서 있었다.

주교 또한 민망함에 얼굴이 새빨개진 상태였다.

이 연극은 지금까지 그 누구에게도 들킨 전적이 없었다. 그도 그럴 것이 이노신 대주교의 연기 실력이 상당히 출중하기 때문이었다.

또한, 이런 연극으로 달의 추종자의 첩자를 감별해 내는 건 온전히 이노신 대주교의 뛰어난 관찰력 덕분이었다.

"달의 추종자 놈들은 티가 나기 마련이거든요. 물론 훈련된 달의 추종자들은 완벽하게 마음의 흔들림을 지운다고는 합니다만, 딱 하나 원하는 대로 통제하지 못하는 게 있죠."

이노신 대주교의 말에 에단이 그를 똑바로 쳐다보았다.

"눈동자군요."

"……예."

물론 대놓고 티를 내진 않지만 제아무리 훈련을 받은 자라 한들 미약하게나마 동요하는 티가 나기 마련이었다.

이노신은 감각과 눈썰미가 어마어마하게 좋은 자였기에 그 반응을 절대로 놓치지 않았다.

그렇다 보니 이 연극으로 검거한 첩자들만 해도 두 자릿수가 넘었다.

"에단 님처럼 거액을 기부하는 경우도 있었고 교단에 입교하여 바닥부터 시작하는 경우도 많았지요."

대주교가 그렇게 말하며 에단을 관찰했다.

그가 생각하기에 에단의 통찰력은 감탄이 나올 정도였다.

흔들리는 눈동자를 통제하지 못한다는 걸 알고 있는 것도 놀라운데, 거기에 그치지 않고 자신이 그 틈을 이용한다는 것까지 간파할 줄이야.

'젊은이가 알긴 어려운 건데.'

이노신 대주교는 에단의 정보를 되새겨 보았다.

신원은 확실했다.

지방의 여러 귀족 영지가 그렇듯이 한때는 잘나갔다지만 지금에 와선 평범해질 대로 평범해진 영지 출신.

어릴 적엔 근방에 검술 천재라 불리며 유명했으나 이후 큰 병을 얻어 죽을 날만 세고 있었다고 한다.

하지만 가까스로 병을 고쳐 냈고, 그 이후로는 병상에서 보낸 세월을 한꺼번에 되찾기라도 하려는 듯이 거듭 뛰어난 능력을 펼쳤다.

'휘커스 영지를 급성장시킨 게 이 사람이라고 했지.'

경량화 공방과 염색 공방을 통해 스스로 입증한 뛰어난 사업 수완.

그뿐만이 아니다. 이베카 아카데미에 수석으로 채용되어 1년 만에 두 개의 수업을 진행하는 교사가 되었다.

'말도 안 되는 성과다.'

말 그대로 입지전적인 인물이었다.

병상에서 잃어나 다시 재능을 꽃피우기까지, 그 과정이 얼마나 험난했을지 감히 예상조차 가지 않았다.

대개 그런 이들은 자신감으로 가득 차 있다.

어깨는 하늘 높은 줄 모르고 올라가 있고 그 눈빛과 억양, 그리고 자그마한 제스처에도 그 자신감이 여실히 드러나기 마련이다.

하지만 에단은 그런 이들과 전혀 달랐다.

그게 오히려 대주교를 자극했다.

대주교의 본능이 속삭이고 있었다.

눈앞의 에단 휘커스에겐 무언가 특별한 게 있다고.

하지만 그게 뭔지 정확히 알 수가 없었다.

"그래도 다행입니다. 에단 님은 그런 사특한 이단이 아니신 것 같군요."

이노신 대주교에게서 신성력이 퍼져 나왔다. 그 신성력은 아주 조용하게 방을 뒤덮어 나갔다.

샤아아악-.

"그래도 할 건 확실히 해야겠지요. 에단 님의 신원은 확실하지만…… 놈들은 정말 악독한 이들이니, 부디 이해해 주시길 바랍니다."

방의 분위기가 달라졌다.

사방에 퍼진 신성력이 방 안의 모두를 감싸더니 그 정신을 몽롱하게 만들었다.

뒤에 있던 주교의 눈빛이 달라졌다. 그는 신성력을 끌어올리며 에단을 힐끔 보았다.

"그러니 말입니다, 에단 님. 이제는 진실만을 말해 주십시오."

방 안을 가득 채운 신성력이 어느새 에단의 몸속까지 스며들었다.

순간 에단의 눈빛에 새하얀 신성력이 보였다.

홀리 레스트.

홀리라이트 교단의 신성 마법 중 하나로, 그 정체는 신성력을 통한 최면 마법이었다.

하지만 홀리 레스트는 같은 효과를 가진 흑마법과 달리 자연스럽게 대상의 대답을 이끌어 냈다. 게다가 상대의 몸과 정신에 큰 부담을 주지 않는 마법이었다.

하지만 그런 만큼 익히고 사용하기가 굉장히 어려웠다.

대주교 정도의 신성력을 지니고 있어야 수월하게 사용이 가능하지만 워낙 높은 난이도의 마법이다 보니 대부분 홀리 레스트를 사용할 때 티가 나기 마련이었다.

하지만 이노신 대주교는 이 방면에 대단한 기술을 가지고 있었으니, 상대가 의식하지 못할 만큼 조심스럽게 신성력을 퍼트려 자연스럽게 홀리 레스트를 사용하는 것이었다.

주교는 홀리 레스트에 걸린 에단을 보고는 이번에야말로 확실하게 그 정체를 파악할 수 있을 거라고 생각했다.

이 홀리 레스트는 저항하기가 굉장히 어려운 기술이었다.

그도 그럴 것이 자신이 마법에 걸렸다고 인지할 수조차 없기 때문이었다.

이건 신성 마법이다.

일반적인 마법은 물론이고 사특한 이단의 흑마법과도 궤가 다른 힘이었다.

"무슨 목적으로 기부를 하셨습니까, 에단 휘커스 님?"

이노신 대주교는 가장 핵심적인 질문을 던졌다.

그러나 에단은 대답하지 않았다.

그러고는 천천히 눈을 감았다. 이윽고 에단이 다시 눈을 뜨니 눈빛에 깃들었던 신성력은 어느새 사라져 있었다.

"……!"

뒤에 있던 주교의 눈이 휘둥그레졌다. 설마 이 홀리 레스트를 이겨 냈단 말인가?

마찬가지로 크게 놀란 이노신 대주교 또한 인상을 썼다.

신성 마법은 완벽하게 들어갔다.

분명 에단의 눈에는 신성력이 깃들었었다.

"대주교님."

에단의 목소리는 작지만 힘이 있었다.

"……."

"저를 의심하시는 건 당연한 일입니다. 조심하고 또 조심하는 것이 좋다는 것도 잘 압니다."

에단이 말했다.

"하지만 말로 하셔야지요? 예의 있게 말입니다. 이런 건 예의가 아닙니다."

순간 에단에게서 엄청난 기운이 뿜어져 나왔다.

대주교의 어깨가 움찔 떨렸다.

에단이 천천히 자리에서 일어서자 이노신 대주교가 그보다 더 빠르게 자리에서 일어섰다.

"결례를 저질렀습니다, 에단 님."

그러나 에단은 가차 없이 몸을 돌렸다. 에단이 말없이 밖으로 나가려고 하자 이노신 대주교가 급히 그를 붙잡고는 허리를 굽혔다.

"무례를 용서해 주십시오."

그제야 에단이 멈췄다.

'딱 여기까지만.'

여기서 더 나가면 이노신 대주교의 체면이 뭉개진다.

이 정도만 해도 그의 입장에서 최대한 사과한 것일 터.

'오히려 저렇게 저자세로 나와 준 덕분에 대화의 주도권이 이쪽으로 넘어왔다.'

에단이 다시 이노신 대주교를 돌아보았다.

"대주교님의 뜻을 알기에 한번은 그냥 넘어가겠습니다. 부디 조심해 주시길."

에단의 말에 허리를 깊이 숙인 이노신 대주교가 숨을 삼켰다.

분명 웃으면서 말하고 있는 것 같은데 날카로운 무언가가 피부를 콕콕 찌르는 것처럼 따가웠다.

"그나저나, 이렇게 저를 찾아오신 이유가 무엇인지요?"

"에단 님을 홀리라이트 교단의 명예 주교로 임명하기 위해서입니다. 에단 님께서는 이미 자격을 충족하셨습니다. 오늘은 임명에 앞서 에단 님을 확인하러 온 겁니다."

뒤에 서 있던 주교가 살짝 뒤로 물러났다. 방의 분위기가 몹시도 따가웠다.

한 발 물러서서 숨을 돌리던 와중, 주교는 믿을 수 없는 광경을 목격하고 말았다.

이노신 대주교의 등이 땀으로 젖어 있었다.

"그럼 이걸로 확인이 끝나셨겠군요."

"예, 1억 골드의 기부와 달의 추종자들을 상대로 쌓아오신 성과들. 홀리라이트 교단을 대표해 다시 한번 감사

말씀을 드리겠습니다."

"그럼 제게 정식으로 명예 주교직이 내려지는 겁니까?"

"네, 명예 주교로 임명되실 겁니다. 명예 주교가 되시면 굉장히 많은 혜택이 따릅니다. 물론 그에 따른 의무와 책임도 있습니다."

"그건 당연한 일이지요. 혜택만 받을 순 없는 일입니다."

의무와 책임이라고 해 봤자 달의 추종자들을 처리하는 데 약간의 도움을 주는 것뿐이다.

'원래 내가 해야 하는 것들이지.'

굳이 홀리라이트 교단의 의무와 책임이 아니더라도 달의 추종자들은 모조리 척살할 생각이었다.

'업적 달성은 물론이고 명성도 많이 오르거든.'

그뿐만이 아니다. 지금 당장 12사도가 죽은 게 알려지지 않았지만 이 사실이 알려지는 건 시간문제다.

만약 그 12사도를 죽인 게 에단이라는 것이 밝혀진다면 예상 범위 외의 위험이 닥칠 수도 있다.

'홀리라이트 교단을 내 편으로 만들어 두면 놈들을 상대하기가 훨씬 편해질 테니까.'

공통의 적을 가진 교단은 아군으로 삼기에 무척이나 든든한 세력이었다.

"그럼 정식으로 명예 주교직을 받기 전에 한 번 더 의심을 풀어 드리겠습니다."

에단의 말에 대주교의 눈이 빛났다.

"달의 추종자를 처리하는 데 가장 인력이 부족한 쪽을 돕겠습니다."

\* \* \*

"대주교님."
"……응?"
에단이 돌아간 후, 방 안엔 이노신 대주교와 주교만이 남았다.
주교는 이노신 대주교에게 수건을 건넸다. 대주교는 수건을 의아하게 바라보다 그제야 자신의 등에 땀이 흥건하게 젖었다는 걸 눈치챘다.
"분명 달의 추종자는 아닌 듯합니다만……."
"깊게 생각할 필요 없네. 딱 하나만 생각하면 돼."
이노신 대주교가 말했다.
"그가 우리의 아군이 되겠다고 했으니, 우린 절대 그를 적으로 돌리지 말아야 하네. 무슨 일이 생기든 간에."

\* \* \*

어두운 밤.
에단은 신성 기사 하나와 함께 움직이고 있었다.
"이미 첫 번째 선발대가 들어갔습니다만 얼마 전에 연

락이 끊겼습니다. 어쩌면 사도가 있을지도 모르겠다는 생각이 듭니다."

그리 좋지 않은 상황이었다.

일백에 달하는 달의 추종자들이 모여 있는 장소를 알아낸 교단은 신성 기사 30명 이상의 병력을 투입시켰다.

신성 기사들은 각자 무력이 이단심문관들만큼이나 뛰어난 이들이었다.

게다가 달의 추종자들을 상대로 상성이 좋았기에 30명 정도면 일백이 넘는 달의 추종자 정도는 쉽게 이길 수 있을 거라 판단한 것이다.

하지만 그들이 복귀하지 않았다.

"죄송합니다. 사실은 정말 위험한 상황입니다. 원래라면 조금 더 지원군을 모아서 가야 합니다만……."

"걱정 마십시오. 제가 충분하다고 판단해서 출발하는 겁니다."

기사의 이름은 반 크로우.

가벼운 체인 메일에 롱 코트를 입은 홀리라이트 교단의 정식 신성 기사였다.

"혹시 모르실까 싶어 말씀드립니다만, 저희 교단은 기본적으로 불살주의입니다."

"네? 그래서는 힘들지 않습니까."

"그래도 어쩔 수 없는 일입니다. 선을 행함에 있어 폭력을 앞세울 수는 없는 일이니까요."

'불살주의라고?'

에단이 속으로 의문을 표했다.

홀리라이트 교단이 불살 주의를 표방하는 건 알고 있지만 그건 어디까지나 대외적인 정보일 뿐이었다.

달의 추종자를 위시한 이단을 처리하기 위해선 그 악독함에 맞서 자신들 역시 악독해질 필요가 있다는 판단에 불살 주의는 사실상 버린 상태였다.

당장 교단 내 이단 심판의 최전선이라 할 수 있는 이단 심문국 역시 불살주의를 표방하는 경우는 없었는데.

에단이 의문을 표함과 동시에 신성 기사가 달의 추종자 놈들이 숨어 있는 동굴의 입구로 뛰었다.

동굴의 입구에는 달의 추종자 하나가 경비를 보고 있었다.

"여신이시여!"

퍼억-!

신성 기사의 메이스에 달의 추종자 하나가 그대로 절명했다.

"불살 주의라 하시지 않았습니까?"

"예, 맞습니다. 저는 그냥 메이스를 휘둘렀을 뿐입니다. 그 메이스에 저놈이 머리를 박은 거지요. 이건 살생이 아닙니다."

"……."

에단이 신성 기사 반 크로우를 쳐다보았다. 그러고는

엄지를 척 들어 올렸다.

"불살이군요."

"예, 불살입니다."

      ＊ ＊ ＊

"생각보다 큰데요."

동굴 내부는 생각보다 굉장히 컸다.

초라해 보이는 동굴 입구가 무색하게, 안쪽에 들어서자마자 통로가 확 넓어졌다.

작은 입구는 외부의 눈을 가리기 위한 용도인 듯했다.

반 크로우는 인상을 썼다.

이러니 속을 수밖에 없는 것이다.

입구만 봐선 자그마한 동굴처럼 보이니, 내부에 달의 추종자가 얼마 없을 거라 판단하고 진입했다가 그대로 붙잡혀 버렸을 터.

생사를 확인할 수 없는 상황이니, 반 크로우는 답답한 마음으로 동굴 안쪽으로 들어섰다.

안쪽은 성 부럽지 않게 꾸며져 있었다. 벽에는 어둠 속에서 빛나는 보석인 야광 에메랄드가 박혀 있었고 바닥은 맨발로 다녀도 될 정도로 완벽하게 다듬어져 있었다.

에단은 동굴 이곳저곳을 매만졌다.

'이 정도 규모면 인원이 수백은 되겠는데. 퍼스트 오더

급도 꽤 많을 것 같고.'

어쩌면 사도가 직접 운영하는 곳일 가능성도 컸다. 이런 곳을 30명 정도의 신성 기사만으로 정리하려고 했으니, 돌아오지 못하는 게 오히려 당연한 일이었다.

'여긴 다른 목적을 가지고 만든 곳 같군. 더 봐야 알겠지만, 적어도 새벽회 내에서 영향력이 큰 놈이 운영하고 있는 건 확실해.'

꿀꺽.

입구에서의 모습과 달리, 반 크로우는 꽤 긴장한 모습을 보이고 있었다.

"이러면 제가 무심코 연습을 위해 메이스를 휘두르는 일이 많아지겠군요."

"다른 이유로 걱정하고 계셨던 거군요."

에단은 피식 웃으며 반을 보았다.

'재밌는 사람이네.'

홀리라이트 교단에 이상한 사람이 많다곤 하지만 이렇게 유쾌한 사람이 있을 줄은 몰랐다.

두 사람이 쭉 안쪽으로 들어가던 도중 소리가 들려왔다.

에단은 호루스의 눈을 사용해 안쪽을 살폈다.

'일단 100명 정도 있군.'

동굴 안쪽의 넓은 공간에 달의 추종자들이 100명 정도가 모여 있었다.

하지만 저게 전부일 리가 없다.

에단은 계속해서 호루스의 눈으로 다른 쪽을 살폈다.

'역시 있다.'

역시나 다른 쪽에도 동굴 안쪽에 있는 수만큼이나 많은 달의 추종자들이 모여 있었다.

각각 장비가 다른 걸 보아하니 각기 다른 여러 작전에 투입되는 놈들인 것 같았다.

그렇게 확인한 결과, 적어도 이 동굴 내부에만 500명이 넘는 달의 추종자들이 모여 있는 상태였다.

'이걸로 확실해졌군. 사도의 지시 아래에 퍼스트 오더 여럿이 관리하는 곳이야.'

평범한 점 조직이 아니다. 규모로 보아하니 사도가 직접 관리하는 게 확실했다.

"에단 님?"

갑자기 멈춰 선 에단을 보고 반 크로우가 왜 그러냐는 듯 물었다. 에단은 손을 들어 반의 말을 막았다.

"잠시만 기다려 주십시오."

에단은 다시금 호루스의 눈을 사용했다.

평소보다 힘을 주자 눈이 조금 뻐근해졌지만 동굴의 더 깊숙한 곳까지 볼 수 있었다.

놈들의 수는 파악했지만 어딘가 찝찝한 마음이 들었다.

'만약 이곳이 사도가 운영하는 곳이라면 분명 특징이

있을 거다.'

 사도들은 저마다 행하는 바가 다르고 맡은 임무 또한 다르니까.

 조금 더 자세히 살펴보면 이 동굴을 관리하는 사도가 어떤 놈인지 그 흔적을 찾을 수 있을 것 같았다.

 계속해서 호루스의 눈을 사용해 동굴 내부를 살피던 에단의 눈에 또 다른 사람들이 보였다.

 그런데 앞서 확인한 달의 추종자들과는 달랐다.

 탁한 눈동자, 여기저기에 상처를 입은 그들은 조금도 움직이지 않고 있었다.

 이들은 일반적인 달의 추종자들이 아니었다.

 '비교육 신도들.'

 그 모습을 확인하자마자 에단은 이곳의 정체를 깨달을 수 있었다.

 '11사도. 그놈이 운영하는 놀이터 중 하나다.'

 에단은 한껏 인상을 썼다.

 비교육 신도는 일반적인 달의 추종자들과는 경우가 다른 이들이다.

 한없이 불쌍하고 힘없는 자들.

 목숨을 위협당해 강제로 달의 추종자 쪽에 붙지 않으면 살아갈 수 없는 이들.

 '여기에도 거점이 있었군. 이런 곳을 도대체 얼마나 만들어 둔 거지?'

당장 에단이 알고 있는 곳만 해도 여러 곳이 있다.

그런데 여기는 에단조차 그 존재를 모르고 있던 곳이었다.

"제가 앞장서겠습니다."

"아닙니다, 제가……."

말이 끝나기도 전이 에단이 서리검을 들었다. 그러고는 뤼카를 소환했다.

**-마나의 주인 뤼카를 소환합니다.**

"컁!"

소환된 뤼카는 곧장 에단의 어깨에 올라타더니 연기가 되어 사라졌다.

샤아아악-.

에단은 곧장 뤼카의 마나를 주입받았다.

동시에 느껴지는 압도적인 고양감에 에단의 동공이 커졌다.

"웬 놈이냐!"

"홀리라이트의 지원군이냐!"

갑자기 나타난 에단을 본 달의 추종자들이 각자 무기를 쥐고 달려들었다.

에단은 가볍게 검을 휘둘렀다.

샤아악-.

에단의 검이 가른 범위 내로 새하얀 서리가 퍼지고, 달려들던 달의 추종자들이 그대로 얼어붙었다.

쩌저적-. 쩌저저저적-.

앞서 달려들었던 이들이 그대로 얼어붙자 뒤에 있던 달의 추종자들이 놀란 눈으로 에단을 쳐다보았다.

정작 놀란 건 에단도 마찬가지였다.

'이런 미친, 이게 대체 뭐야?'

뤼카의 마나를 이용해 평범하게 서리검을 휘둘렀을 뿐이다. 전력을 다한 것도 아니다. 그냥 뤼카의 마나를 중심으로 에단 검술을 펼친 것뿐이었다.

그런데도 이런 위력이라니.

'검이 닿지도 않았다고.'

물론 평소보다 더 많은 양의 마나를 더 사용하긴 했다. 뤼카의 마나는 효율이 좋고 몸에 부담을 주지도 않으니, 그 위력을 실전으로 확인해 보려는 의도였다.

그 결과 이전과는 다른 차원의 강력한 서리의 힘이 뻗어져 나갔다.

지금까지 한 번도 없었던 일이었다.

"캉-!"

뤼카가 자신의 마나가 어떠냐는 듯이 울었다.

물론 절멸증 때문에 에단이 받아들일 수 있는 뤼카의 마나는 무척이나 한정적이었다.

'그 한정적인 마나만으로 이런 위력을 낸 거야.'

에단이 짧게 호흡을 골랐다.

수많은 선택지를 거르고 뤼카를 선택한 보람이 있었다.

에단은 한 번 더 뤼카의 마나를 받았다.

'내 마나보다는 효율이 좋지 않지만 이 정도면 합격점이야. 이 정도라면……!'

서리검을 집어넣고 이번엔 천뢰검을 꺼내 들었다.

파지지지직-!

일직선으로 천뢰검을 찌르자 샛노란 번개가 곧게 뻗어나가며 대기를 불태웠다.

콰직-!

"커헉……."

그 번개에 꿰뚫린 달의 추종자가 그대로 고꾸라졌다.

"장난 아니군."

전과 다른 위력에 에단이 저도 모르게 감탄했다.

어느 정도 알고는 있었지만 직접 체험해 보니 확실히 체감이 되었다.

에단은 절멸증 때문에 지금껏 자기 기술의 위력을 단 한번도 온전히 끌어내지 못했다.

하지만 바로 지금, 그 기술들이 뤼카의 마나를 통해 본래의 위력을 선보이고 있었다.

'뤼카의 마나를 더 많이 수용할 수 있다면 기술의 위력을 더 끌어올릴 수 있겠군.'

"좋아."

그렇다면 가장 빠른 길은 뤼카와의 교감을 통해 정령력을 상승시키는 것이다.

동시에 뤼카가 전해 주는 마나에 익숙해질 필요도 있었다.

'이번 기회에 얼마나 받을 수 있는지도 시험해 봐야겠어.'

에단은 계속해서 뤼카의 마나를 받아 쓰며 검을 휘둘렀다.

\* \* \*

"와……."

뒤에서 에단을 지켜보던 반 크로우는 벌린 입을 다물지 못했다.

"대주교님께서 걱정 말고 다녀오라고 하시기에 내가 필요 없어진 건가 하고 조금 의심했었는데."

대주교의 판단이 옳았다. 애초에 자신이 따라올 필요가 있었을까 하는 생각이 들었다. 에단의 신위는 그만큼 대단했다.

검을 한 번 휘두르면 서리가 휘날리고 번개가 친다.

달의 추종자 놈들은 그런 에단에게 제대로 된 저항 한 번 못하고 있었다.

"구할 수 있어."

저 사람과 함께한다면 동료들을 구해 내고 이 거점도 완전히 부술 수 있다.

에단이 100명 정도의 달의 추종자들을 정리함과 동시에 반 크로우가 싸움에 합류했다.

"저도 동참하겠습니다. 어째 제가 메이스를 휘두르는 곳에 달의 추종자들이 달려와 사고로 부딪칠 것 같은 느낌이 듭니다!"

그때 동굴 안쪽에서 무장한 달의 추종자들이 대거 튀어나왔다. 방금 에단이 처리한 달의 추종자들보다 훨씬 더 강해 보였다.

특히 중앙에 있는 추종자는 옷차림새부터가 달랐다.

거기다 들고 있는 무기도 범상치 않으니, 아티팩트로 마법을 덕지덕지 바른 마법 검이었다.

그 뒤를 따라 나온 곡도를 든 달의 추종자들이 두 사람을 빠르게 포위했다.

쿵-.

중앙에 선 추종자가 한 걸음 강하게 걸으며 에단과 반 크로우를 압박했다.

"걱정 마십시오, 에단 님. 이번엔 제가 앞장 서겠…… 어억."

그러나 반 크로우의 말은 끝까지 이어지지 못했다.

한 걸음 앞선 에단이 반 크로우의 목덜미를 그대로 내리쳤기 때문이었다.

기절한 반 크로우가 축 늘어졌다. 에단은 반 크로우를 얌전히 땅에 눕혀 두었다.
"……무슨 짓거리지?"
"설마!"
"하하하하!"
"그 신성 기사를 넘기고 항복이라도 하겠다는 건가?"
"재밌군, 그래. 그놈을 넘기고 꺼져라! 당장!"
에단의 눈이 마지막으로 말한 추종자를 향해 돌아갔다.
"……!"
순간 그 눈빛이 완전히 바뀌었다. 높은 곳에 서서 아랫것들을 내려다보는 그런 차가운 눈빛이었다.
"꿇어라."
"무슨 헛소…… 허억!"
에단이 품에서 자연스럽게 녹주옥을 꺼냈다. 이건 12사도 루나 스피릿을 죽이고 빼앗은 신물이었다.
당장 이곳에 녹주옥이 누구의 것인지 아는 이는 없었다.
하지만 신물을 보유한 이가 사도라는 건 모두가 잘 알고 있었다.
"사, 사도님!"
신물을 보자마자 추종자들이 몸을 덜덜 떨었다. 그러면서도 믿기지 않는다는 눈으로 조심스럽게 에단을 살펴보았다.
도대체 이게 어떻게 된 일이란 말인가.

마법 검을 든 추종자가 에단의 녹주옥을 자세히 관찰했다. 갑작스런 상황에 저 녹주옥이 진짜인지 확인하기 위함이었다.

샤아아악-!

순간 녹주옥에서 강력한 빛이 뿜어져 나왔다.

이 빛은 달의 추종자들이 사용하는 힘의 원천과 동일했다.

그 말인즉슨 눈앞의 저 사내가 정말 사도라는 뜻이었다.

몇 번째 사도인지는 몰라도 자신들이 모셔야 할 사람이었다.

"회의 아이들아."

에단의 말에 모두가 넙죽 엎드렸다.

수백 명의 추종자들이 동시에 엎드리는 모습은 그야말로 장관이었다.

그 모습을 본 에단은 흐뭇하게 웃었다.

'옛날 생각이 나는군.'

사실 신물만 가지고는 의심을 살 수 있었다. 수많은 세력에 첩자를 보내는 이들인 만큼 첩자를 구분하는 쪽으로도 꽤나 능통하기 때문이었다.

신물만으로는 부자연스러움을 들킬 수도 있었다.

하지만 에단이 누구인가.

'이래서 경력직이 선호되는 거지.'

메판에서 달의 추종자로 지내며 사도 바로 아래의 퍼스트 오더까지 갔던 경력직이다.

덕분에 최상위 사도를 제외한 나머지 사도들이 어떤 인성을 가지고 있는지 아주 잘 알고 있었다.

에단은 우선 막말을 내뱉었던 추종자에게 다가가 주먹을 휘둘렀다.

뻐억-! 뻐억-! 뻐억-!

가차 없이 휘두르는 주먹에 달의 추종자는 별다른 변명조차 하지 못하고 흠씬 두들겨 맞았다.

구타가 격렬해질수록 달의 추종자들의 눈빛에 신뢰가 깃들었다.

눈앞의 저 사람은 확실히 사도였다.

사도가 아니고서야 저렇게 무자비하게 사람을 두들겨 팰 리가 없다.

"먹어라."

에단이 품에서 포션을 꺼내 그에게 그대로 먹였다. 그러자 달의 추종자의 온몸에 가득한 상처들이 곧바로 회복되었다.

"……?"

추종자들은 다들 의아한 표정을 지었다. 하지만 에단이 회복된 추종자를 다시 패기 시작하자 역시 사도님이라며 존경 어린 눈빛을 보냈다.

# 7장

7장

동굴 안의 분위기가 묘하게 흘러갔다.

난데없는 사도의 등장에 달의 추종자들은 그저 서로 눈치를 보기에 바빴다.

물론 에단은 이러한 상황을 즐기고 있었다.

주먹으로 확실히 사도라는 걸 입증한 에단이 앞에 선 추종자에게 손짓했다. 그러자 눈치 빠른 추종자 하나가 재빠르게 의자를 가지고 왔다.

에단은 그 의자를 그대로 부숴 버렸다.

그제야 그 의미를 눈치챈 추종자 하나가 에단의 앞에 넙죽 엎드렸고, 에단은 자연스럽게 의자를 자처한 추종자의 등에 앉았다.

다들 그 모습에 꿀꺽 침을 삼켰다. 저 포악한 성정 역시 사도다운 모습이었다.

"호, 혹시 어떤 이유로 행차하신지 알 수 있겠습니까?"

"그, 11사도님을 찾으러 오신 거라면…… 11사도님께서는 지금 외출 중이십니다."

'역시, 여길 관리하는 건 11사도였군.'

추종자들의 말에 에단은 살짝 인상을 썼다.

아까 본 비교육 신도들의 모습에 혹시 이곳이 11사도가 운영하는 곳이 아닐까 했는데, 역시나 정답이었다.

"비교육 신도들로 장난질 중인가?"

에단이 중얼거리자 추종자들이 고개를 조아리며 넙죽 엎드렸다.

'11사도가 직접 관리하는 비교육 신도 관리 거점이 확실해. 그렇다면…….'

비교육 신도는 아직 세뇌가 덜 된 신도였다. 그렇다 보니 비교육 신도들 대부분은 문 마더를 믿지 않았다.

'처참한 현실 때문에 마지못해 달의 추종자 쪽에 붙을 수밖에 없는 이들이지.'

아픈 아이의 약을 구하기 위해, 병든 부모의 치료를 위해 달의 추종자들 쪽에서 일하는 이들도 있었다.

'그뿐만이 아니야. 달의 추종자 쪽에서 의도적으로 끌어들인 자들도 있지.'

11사도의 특기가 바로 그런 것이었다.

신도를 늘리겠다고 멀쩡한 이의 인생을 망가트리고 포

섭해 자신들에게 의지하게 만드는 것.

'그리고…… 세뇌하는 것.'

아마도 그 세뇌는 11사도가 가지고 있는 힘에 의한 것이리라.

"비교육 신도들을 데리고 와라."

에단의 명령에 곧장 추종자들이 움직였다.

'이 비교육 신도들은 갱생시킬 수 있다.'

이들은 문 마더를 믿어서 이곳에 있는 게 아니다.

믿지 않으면 저마다 가진 소중한 것을 잃기에 얽매여 있는 것뿐이다.

'애초에 세뇌가 되어 있으니. 결코 자기 의지로 여기에 있는 게 아니야.'

이들은 다른 추종자들과 달리 문 마더의 신앙에 물들어 있지 않다.

'개종시킬 수 있다는 뜻이지.'

제대로 된 신앙으로 이끄는 것으로 완전히 개종시킬 수 있다.

그리고 마침 에단의 뒤에는 제대로 된 신이 있었다.

'이들을 문포스의 신도로 개종시킬 수 있다.'

이들을 개종시켜 신전을 세우면 새로운 신전을 하나 더 만드는 것이다.

'동시에 직업 성장도 가능해지는 거지.'

이래서 성장형 직업이 좋은 것이다.

에단이 생각을 정리하는 사이, 추종자들이 명령에 따라 하나둘씩 비교육 신도들을 끌고 왔다.

막 성인이 된 듯한 청년들과 무척이나 지쳐 보이는 중년들, 그리고 겨우 열 살 정도로 보이는 아이들까지.

그 표정들이 하나같이 몹시 불안해 보였다.

'그때도 그랬지만, 제일 마음에 안 든 게 이런 거였어.'

이 비교육 신도들 중엔 11사도의 악취미 탓에 인생을 망친 이들도 많았다.

일부러 병이 들게 하고 달의 추종자 쪽에만 있는 약을 흔들며 포섭하는 건 놈의 악취미 중에서도 극히 양호한 수준이었으니.

그런 역겨운 악취미에 질려 메판에서 11사도를 죽이고 그 자리를 차지하려 했지만 이렇다 할 방법을 찾지를 못했었다.

'놈의 능력 때문이었지.'

놈의 강력한 초인력 때문에 계획을 몇 번이나 세우면서도 폐기할 수밖에 없었다.

"다 모았습니다, 사도님."

"그럼 너희들은 다른 공동으로 가서 대기하고 있도록. 지금 이 거점에 있는 모든 신도들을 모아서 말이다."

"예!

사도의 명령은 절대적이다. 감히 일반 신도들이 이유를 묻는 건 그 자체로도 큰 죄였으니, 추종자들은 모두 고개를 조아릴 수밖에 없었다.

그렇게 달의 추종자들을 물린 에단이 불안한 눈빛의 비교육 신도들을 보았다.

"나는 이런 사람이다."

에단이 녹주옥을 보였다. 물론 비교육 신도들은 녹주옥이 어떤 물건인지 잘 몰랐다.

척 보기에도 귀해 보이는 걸 가지고 있으니 회의 높은 사람이라고 생각할 뿐이었다.

그나마 눈치가 빠른 누군가가 넙죽 엎드렸고, 그 뒤를 따라 눈치를 보던 다른 비교육 신도들이 따라 엎드렸다.

가장 마지막으로는 비에 젖은 생쥐 꼴을 한 아이가 엎드렸다.

'절반은 이미 세뇌가 끝났고, 나머지는 손대지 않고 그냥 놔뒀군. 세뇌 정도야 금세 끝낼 수 있을 텐데, 그냥 가지고 노는 거야.'

"너희들은 잘못된 신을 따르고 있었다."

에단은 빙 돌려 말할 생각이 없었다. 11사도가 언제 들이닥칠지 모르니, 그전에 상황을 확실히 정리해 두어야 했다.

"……네?"

"그, 그게 무슨 말씀이십니까?"

"혹시 저희들이 잘못한 게 있다면, 부디 용서해 주십시오."

"더 잘하겠습니다. 흐흑, 버리지 말아 주십시오."

비교육 신도들의 얼굴이 창백해졌다.

"문 마더는 너희들을 위해 아무것도 하지 않았고, 앞으로도 그럴 것이다. 지금 너희들의 모습을 돌아보아라. 너희에게 새로운 삶을 주겠다고 약속한 문 마더가 너희에게 무얼 해 줬더냐?"

"……."

"회의 간부들은 또 너희들에게 뭘 해 줬지? 약을 주고 돈을 주는 것? 그건 일을 한 자에게 주어지는 아주 당연한 보상이다."

에단은 품에서 탕약을 꺼내선 가장 앞에 있던 비교육 신도에게 건넸다. 한눈에 봐도 이 자리에 모인 이들 중 가장 병과 상처가 심한 이였다.

신도는 긴장한 눈으로 탕약과 에단을 번갈아 보더니 눈을 질끈 감고는 탕약을 들이켰다.

꿀꺽꿀꺽.

탕약을 마시자마자 그의 몸에 반응이 왔다.

온몸에 가득했던 상처가 치료되고 마비가 와 오랫동안 움직이지 않았던 오른쪽 얼굴이 움찔거리기 시작했다.

얼굴이 마비된 뒤로 그는 한번도 웃은 적이 없었다. 그 미소가 상당히 어색했기 때문이었다.

하지만 지금 이 순간 그 병이 나았으니, 그는 감격에 찬 미소를 지을 수 있게 되었다.

비교육 신도들은 그 모든 광경을 놀란 눈으로 쳐다보았다.

"맙소사……."

"문 마더도 이 정도 축복은 내릴 수 있겠지. 하지만 그 축복에는 반드시 큰 대가가 따른다. 하지만 내가 믿는 신께서는 아무런 대가도 원치 않으신다."

에단이 신도들을 돌아보았다.

"그저 따르고 믿는 자에게 진리로 나아가는 길을 보여 주실 뿐이다. 다친 자여, 메마른 자여. 이리로 오라. 여신 문포스께서 너희들을 기다리고 계신다."

샤아아아악-.

**-문포스의 힘이 깃듭니다.**
**-여신이 당신을 칭찬합니다.**

'마음에 드셨나 보군.'

마치 선지자처럼 행동하는 에단의 모습에 비교육 신도들의 눈동자가 흔들렸다.

지금 이 상황이 도대체 어떤 상황인지 이해하지 못하는 것이었다.

혹시나 이게 정말 문 마더를 믿는 건지 시험하는 선별 작업이라면?

그렇다면 여기서 함부로 말했다간 죽을 수도 있었다.

"이단이다!"

"저희를 시험하시려는 겁니까? 저흰 이미 문 마더께서 주시는 사랑에 감복하고 있습니다!"

에단은 소리친 신도들에게 다가갔다.

'세뇌된 이들.'

에단은 오행침법을 사용했다.

진 허류 침술을 이용하여 이들의 상처를 치료함과 동시에 걸려 있는 세뇌를 풀어 나갔다.

'당장 완벽하게 세뇌를 푸는 건 불가능하다. 놈의 초인력은 그런 거니까.'

에단 자신이 세뇌된다면야 완벽하게 풀 수는 있겠지만 다른 이들은 위험 부담이 크다. 게다가 이들은 꽤 오랫동안 세뇌된 이들이다.

그랬기에 에단은 우선 세뇌의 효과를 줄일 생각이었다.

푹푹푹-.

아주 자연스럽게 침을 꽂자 그들의 눈이 흐리멍덩하게 흐려지기 시작했다.

"이단……."

"그건 이단의 생각입니다……."

역시나 세뇌는 강력했다. 에단은 한번 더 침을 찔렀다. 그러자 세뇌된 신도들이 입을 꾹 다물었다.

에단은 입을 다문 이들 중에서도 인상을 한껏 찌푸리며

무어라 더 중얼거리려는 이에게 다가갔다.

'가장 효과적인 방법을 쓴다.'

"저는……."

소리치던 이들을 에단이 안아 주었다.

"이건 시험이 아니다. 문포스 님은 너희를 시험하지 않으신다. 희생을 강요하지 않으신다. 신은 정직하고 고귀하다. 그리고 무엇보다 너희들을 행복하게 만들어 줄 분이시다. 믿어도 좋고 믿지 않아도 좋다. 이는 너희를 위한 문포스 님의 자비니까."

그 누구도 예상하지 못한 행동이었다.

회의 높은 사람이 난데없이 비교육 신도를 안아 준다니?

당장 에단의 품에 안긴 신도 또한 상황을 이해하지 못해 멍한 눈으로 에단을 쳐다보았다.

하지만 곧 어깨를 잘게 떨고는 흔들리는 목소리로 물었다.

"정말…… 정말입니까?"

"정말 저희가 원하는 삶을 살 수 있는 겁니까……?"

에단의 품에 안긴 신도가 주륵 눈물을 흘렸다.

"그렇다."

에단이 힘주어 말했다.

이들에겐 믿고 따를 제대로 된 신이 필요했다. 문 마더와 그 추종자들과 달리 이들의 상처를 보듬어 줄 수 있는 정상적인 신 말이다.

"믿음을 강요하진 않겠다. 하지만 적어도 이건 약속할 수 있다. 지금과 다른 삶을 살고 싶다면 내가 도와줄 수 있다. 너희들이 지키고 싶은 것, 지켜야 하는 것, 그 모든 것을 지킬 수 있도록 도와줄 수 있다."

에단의 말에 고민하던 이들이 이내 결심한 듯 자리에서 일어섰다.

"믿겠습니다. 믿어 보겠습니다. 저희가…… 저희가 어떻게 하면 됩니까?"

그 말에 에단이 웃으며 말했다.

"무엇도 할 필요가 없다. 그저 한 번의 기도면 족하다."

에단이 두 손을 모으자 신도들 또한 그를 따라 손을 모으고 눈을 감았다.

-다른 신을 믿던 이들을 개종시켰습니다!
-업적을 달성하셨습니다!
-[전향] 업적 달성에 따라 좋아요를 획득했습니다.
-좋아요를 '4'만큼 얻었습니다!
-문포스가 새로운 신도들에게 신전을 내립니다.
-새로운 신자를 이끈 당신에게 문포스가 보상을 내립니다.
-새로운 신전에서 보상을 받으십시오!

백여 명이 넘는 비교육 신도들이 순식간에 문포스의 신자로 개종하게 되었다.

'쉽지 않을 거라 생각했는데.'

높은 명성, 그리고 문포스의 후예라는 직업 덕분에 생각보다 일이 잘 풀린 것 같았다.

'나도 조금은 이입했으니까 말이야.'

이게 가장 중요했다. 상황에 이입해야 진심을 낼 수 있으니.

'게다가 마침 이 근처에 신전이 있었나 보군.'

아마도 무너져 터만 남아 있을 가능성이 높았다.

'신도가 생겼으니 그 신전을 복구시켜 준 것일 테고.'

이걸로 더 많은 문포스의 신자들을 만들어 낼 수 있게 되었다.

**-문포스의 힘이 강해졌습니다!**
**-모든 스탯이 3만큼 상승합니다!**

백여 명이 동시에 개종하니 문포스의 영향력도 확실히 강해졌다.

에단은 그 직속 후예인 만큼 강해진 영향력을 확실하게 체감할 수 있었다.

'짭짤한 보상이군.'

"당장 동굴 바깥으로 나가도록. 너희들은 이제 새로운

신전에서 지내면 된다. 물론 신전에만 있을 필요는 없어. 자유롭게 하고 싶은 걸 하면 된다."

에단의 말에 신도들은 크게 당황했다. 오랫동안 박탈당했던 자유를 돌려받았으니, 이게 꿈인지 현실인지 제대로 구별하지 못했다.

"그게 정말…… 입니까?"

에단이 거침없이 신도의 뺨을 후려쳤다.

"억!"

고꾸라진 신도가 난데없는 고통에 찔끔 눈물을 흘렸다.

"현실이다."

날카로운 통증에 고꾸라졌던 신도가 벌떡 일어섰다.

그를 시작으로 비교육 신도들이 하나둘 바깥을 향해 몸을 돌렸고, 에단은 반대로 남은 추종자들이 있는 동굴 내부를 돌아보았다.

'바로 남은 추종자들을 처리하고 신성 기사들을 구해서 나간다.'

에단은 한쪽에 얌전히 눕혀 둔 반 크로우를 슬쩍 쳐다보았다. 본의 아니게 기절시켜 뒀지만 신성 기사를 구한 이후엔 깨울 생각이었다.

에단의 명에 따라 신도들이 동굴 밖으로 나가려던 그때.

쿠구국-.

동굴 내부가 파동으로 뒤흔들리기 시작했다.

'누가 오고 있다.'

저벅-. 저벅-.

동굴 안쪽으로 누군가가 걸어오고 있었다.

한 발짝씩 발걸음 소리가 들릴 때마다 파동이 퍼지고 특유의 오라가 휘몰아쳤다.

"아, 아크 님……."

"아크 님이……."

비교육 신도들이 몸을 떨었다.

이내 모습을 드러낸 건 꽤나 체구가 가녀려 보이는 실눈의 사내였다.

"재밌는 놈이구나. 이야기를 들어 보니 진짜 녹주옥을 내밀었다고 하던데. 어디서 굴러든 건지도 모를 놈이 감히 사도를 사칭하는 것도 모자라 내 장난감에 손을 대려 하다니. 네놈, 정체가 뭐지?"

11사도 아크 데이소토스.

에단은 오랜만에 보는 그 얼굴에 미소를 지었다.

"드디어 내 손으로 널 죽일 날이 왔구나."

에단이 두 검을 꺼내 들었다.

\* \* \*

아크 데이소토스는 에단이 아는 초인력 중에서도 유독 까다로운 초인력을 가진 사도였다.

초인력 극상 최면.

그 이름처럼 상대방을 최면 상태로 만드는 초인력이었다.

환상을 보여 주는 것으로 진실을 거짓으로, 거짓을 다시 진실로 바꿀 수 있는 강력한 초인력으로, 한번 걸리게 되면 빠져나오기가 무척이나 어려운 힘이었다.

때문에 에단은 아크 데이소토스를 몇 번이고 죽이려 했음에도 그를 죽일 수가 없었다.

'그래서 결국 내가 아니라 다른 놈한테 맡겼었지.'

하지만 지금은 다르다. 지금의 에단은 저 초인력을 상대로 완전한 우위에 있다.

'루나 스피릿은 마주선 것만으로도 내 생존 확률을 하락시켰어.'

하지만 지금은 생존 확률이 하락했다는 알람이 뜨지 않았다. 무엇보다 사도 특유의 압박감도 느껴지지 않았다.

에단은 그때와 달리 확실하게 스텝 업을 한 상태였다.

'확실하게 강해졌다.'

사도와의 조우 정도로는 생존 확률이 내려가지 않을 정도로 말이다.

에단이 틈을 노리자 아크가 그보다 빨리 입을 열었다.

"그 자리에 가만히 있어."

언령을 통한 극상 최면이었다. 지금껏 수없이 사용해 온 극상 최면이었기에, 아크는 목소리만으로도 에단을 최면에 빠트릴 수 있다는 확신을 가지고 있었다.

"검을 꺼내선 뭐 하려고? 설마 그걸로 날 베려고 한 거냐?"

에단이 그대로 멈추자 아크가 천천히 다가왔다.

꺼내 든 쌍검도 고급스럽고, 어디서 얻었는지 모르겠지만 진짜 녹주옥까지 가지고 있다니.

재밌는 장난감이 제 발로 들어왔다.

"네놈들은 뒤로 꺼져 있도록. 보아하니 놈한테 홀려서 다들 여길 나가려고 했나 본데. 문 마더께서 너희들을 심판하실 거야. 꽤 재밌겠지?"

그 말에 새로운 문포스의 신도들이 몸을 벌벌 떨었다.

그동안 아크에게 수없이 당해 왔기에, 목소리를 듣는 것만으로도 온몸에 각인된 공포가 스멀스멀 떠올랐다.

"꺼져!"

아크가 위협적으로 소리치자 문포스의 신도들이 뒤로 크게 물러났다.

이윽고 제자리에 멈춘 에단과 아크가 마주보게 되었다.

아크가 씨익 웃었다.

"도대체 어디서 굴러 온 놈인지, 그 머릿속을 헤집어서 전부 다 끄집어내 주마."

아크가 손을 내밀었다.

그리고 동시에 에단의 검이 휘둘러졌다.

서-걱!

"응?"

그야말로 한순간이었다. 극상 최면에 걸렸으니 당연히 움직이지 못할 거라 생각해 크게 경계하지 않았다.
에단은 그 짧은 빈틈을 노려 검을 휘두른 것이다.
에단의 검은 정확히 그의 손목을 날려 버렸다.
툭-.
베여 버린 그의 손이 땅에 떨어졌다.
"너, 어떻게 움직일 수 있는 거지?"
아크가 놀란 눈으로 에단을 쳐다보았다.
"알고 싶나? 한번 고통스럽게 울어 봐. 그럼 바로 알려 줄 테니까. 아, 그런데 안 되지? 넌 고통을 모를 테니까."
순간 아크의 표정이 악귀처럼 변했다.
한쪽 손이 잘려 떨어져 나갔음에도 약간 놀랄 뿐 이렇다 할 동요를 보이지 않는다.
이게 에단이 기억하는 아크의 특이한 점 중 하나였다.
그는 고통을 느끼지 못했다.
'그러니까 이런 놀이터를 만들어서 비교육 신도들을 학대하는 거야. 남의 반응을 통해 알려는 거지. 자기가 모르는 고통이란 게 어떤 건지.'
그래서 다른 인간을 괴롭힌다.
강한 힘과 높은 지위를 가진 자신이 남들이 가진 것을 가지지 못하니, 놈은 그 차이에 기묘한 열등감을 느꼈다.
고통을 모르니 타인의 고통을 통해 어떻게든 자신에게 없는 감정에 이입해 보려 한다.

동시에 그 비명 소리를 즐기는 역겨운 악취미까지 가지고 있으니.

'역겨운 열등감이지.'

쿵-!

아크가 발을 굴렀다. 그러자 발아래에서 난데없이 거대한 메이스가 튀어나왔다.

"무슨 수작을 부린 건지는 몰라도 내 능력이 통하지 않나 보구나. 좋다."

순간 그의 몸에서 강렬한 신성력이 뿜어져 나왔다.

문 마더를 섬기는 달의 추종자들 특유의 탁한 신성력이었다.

"때려 죽여 주마."

부웅-!

그가 전력을 다해 메이스를 휘둘렀다.

"뤼카."

"빠."

어느새 에단의 어깨 위에 나타난 뤼카가 에단에게 마나를 전해 주었다.

아까는 그저 시험 삼아 가볍게 몇 번 휘둘러 봤을 뿐, 진심으로 검술을 펼치지 않았다.

마나가 전해진 것을 확인한 에단은 즉각 자세를 잡았다.

**에단 검술 1식**

**서리천뢰**

순간 에단의 두 검이 교차되어 메이스를 갈랐다.
빠각-!
"이게, 무슨……."
메이스는 사도에게만 내려지는 새벽회의 신물로, 절대 부서지지 않는다는 루나아다만튬 광석으로 만든 것이었다.
지금껏 수없이 거칠게 휘둘렀지만 이렇게 금이 간 적은 없었다.
상대의 무기가 뭐든 압도적으로 승리해 왔으니까.
지금껏 무기의 차이로 상대에게 져 본 적은 없었다.
아크는 자신이 피를 토했다는 사실조차 인지하지 못했다.
거기다 두 발까지 서리에 얼어붙어 움직일 수 없었다.
"너, 너 대체……!"
"아직 시작도 안 했어."
에단이 천뢰검을 집어넣고는 손에 힘을 주기 시작했다.
역발산.
"후우욱."
불멸 영웅의 호흡으로 한번 더 근력을 강화했다.

**에단 검술 2식**

## 문포스

그리고 뤼카의 마나를 더했다.

순간 아크는 형용할 수 없는 공포를 느꼈다.

고통은 느끼지 못해도 죽음에 대한 공포는 확실히 느낄 수 있었다.

이 공격은 위험하다. 하지만 서리에 발이 묶여 피하질 못하니 무조건 막아야 했다.

"영식-문 소울 크래시."

아크는 고통을 느끼지 못하는 자신의 신체적 특징을 살리고자 리스크가 큰 기술들을 배웠다.

사용하면 극심한 고통을 느끼는 대신 강력한 힘을 얻는 기술들.

평범한 사람에겐 위험 부담이 큰 기술들이었으나 아크는 이렇다 할 위험 없이 고위력의 기술들을 사용할 수 있었다.

그러한 기술들의 정수를 한데 모아 만든 것이 아크의 영식이었다.

아크는 그중에서도 쇼크로 죽을 정도의 고통을 느끼는 대신 위력을 극대화하는 기술, 문 소울 크래시를 시전했다.

이 기술을 쓰면 고통을 못 느끼는 몸이라 해도 타격이 있어, 기술을 쓴 이후엔 30초가량은 회복에 전념해야만 했다.

그래도 위력은 대단했다. 상위의 사도에게도 이 일격만큼은 인정을 받았으니까.

콰아아아아앙-!

거대한 동굴 전체가 흔들릴 정도로 강렬한 일격이었다.

"윽!"

뒤로 물러나 겁에 질린 채 모여 있던 비교육 신도들에게도 여파가 미칠 만큼 에단과 아크의 공방은 엄청났다.

"무, 무너진다!"

쿠구국-!

천장이 무너지고 벽에 금이 갔다.

"젠장…… 젠장……!"

아크는 믿기지 않는다는 듯 조바심 어린 눈으로 에단을 보았다.

콰각-.

콰가가가각-!

에단의 검이 그대로 아크의 메이스를 부서 버렸다.

단 두 번의 공격으로.

"내 메이스가……."

메이스가 박살 나는 것과 동시에 아크의 투쟁심이 무너졌다.

지금껏 겪어 보지 못했던 수많은 감정이 그를 휘감았다.

그는 항상 하고 싶은 대로 했다.

어떤 행동을 하든 항상 확고한 목적과 명쾌한 계획이

있었기에 별다른 망설임 없이 수많은 일들을 행해 왔다.

그런데 지금은 뭘 해야 할지를 알 수 없었다.

저 눈앞의 괴물 같은 자를 상대로 뭘 어떻게 해야 한단 말인가?

에단이 다시 검을 치켜들었다.

그와 동시에 공포로 멈췄던 아크의 사고가 빠르게 돌아가기 시작했다.

머릿속에 수없이 많은 생각이 스쳐 지나갔다.

'안 돼!'

사고를 마친 순간, 아크는 허리를 뒤로 콱 꺾었다.

부웅-!

아마도 지금 이 순간이 아크가 살아온 세월 중 그 어떤 때보다 가장 빨리 움직인 순간일 것이다.

생에 대한 갈망이 그의 한계를 뚫어 주었다.

하지만 그 기쁨을 맛볼 여유는 없었다.

당장 눈앞에 죽음이 직접 도사리고 있었다.

콱-!

그는 강하게 몸을 움직였다. 순간적으로 큰 힘을 낸 탓에 마나와 신성력이 크게 소모됐지만 덕분에 두 발을 붙잡은 서리에서 빠져나올 수 있었다.

거리를 벌린 그는 곧바로 초인력을 사용했다. 본능적인 행동이었다.

"멈춰라!"

초인력을 최대한 끌어 올렸음에도 에단의 걸음은 멈추질 않았다.

"멈추라고! 멈추란 말이다!"

공포에 질린 아크가 비명을 내지르며 박살 난 메이스로 에단의 검을 막아 냈다.

물론 완벽하게 막아 내진 못했다. 한쪽 팔이 그대로 부러지고 충격에 내상을 입어 피까지 토했다.

팔을 희생해 당장 목숨은 건질 수 있었으나 상황이 나아질 기미는 조금도 보이질 않았다.

당장 아크는 깨닫지 못했지만 그와 에단은 상성이 상당히 좋지 않았다.

그의 주력 기술은 초인력을 통한 극상 최면이다.

하지만 당장 에단이 그 극상 최면에 완벽히 저항하고 있으니, 아크는 지금 자신의 가장 큰 무기를 내던지고 싸우는 것과 다를 바가 없었다.

승리를 확신한 에단은 겁에 질린 채 뒷걸음질을 치는 아크를 쳐다보며 만족한 듯 미소를 지었다.

초인력에 의지하는 사도라고 하지만 명색이 달의 추종자라는 거대한 집단 내에서 가장 강한 열두 명 중 하나다.

그런 아크를 압도하고 있다.

현재 자신의 수준이 어느 정도인지 확실히 알 수 있게 되었다.

에단이 확실히 마무리를 짓기 위해 아크에게 달려들었다.

그리고 동시에 저 멀리서 발소리가 들려왔다.

동굴이 무너질 것처럼 흔들리고 안쪽이 시끄러워지자 에단의 지시에 따라 한데 모여 있던 달의 추종자들이 달려온 것이다.

"이, 이게 무슨……?"

"아크 님……?"

"아크 님! 어째서 사도님과 싸우고 계시는……?"

"이, 이게 무슨 상황인 거지?"

아크는 차마 신도들의 의문에 대답하지 못했다.

녹주옥을 가진 사도가 방문했다는 이야기만 듣고 곧장 돌아왔기에, 신도들에게 저놈이 사도를 사칭하는 놈이 가짜라고 말하지 못한 상태였다.

그러니 달의 추종자들 역시 당황할 수밖에 없었다.

사도 간의 싸움이라니?

심지어 11사도인 아크가 완벽하게 밀리고 있었다.

그렇다고 사정을 설명할 여유도 없었다. 조금이라도 다른 데에 신경 썼다가는 그 즉시 목이 떨어질 것처럼 아슬아슬한 상황이었다.

"아크 님이 저렇게까지 밀리시다니."

"도대체 몇 번째 사도님이시길래?"

"아니, 왜 두 분이서 싸우시는 거지?"

당황한 달의 추종자들이 아크와 에단의 싸움을 멍하니 지켜보았다.

아크는 무어라 말할 여유도 없이 필사적으로 에단의 검에 집중하고 있었다.

온몸은 식은땀으로 흠뻑 젖었고 눈은 새빨갛게 충혈된 상태로, 그저 이대로 죽을 수 없다는 생각뿐이었다.

압도적인 힘에 의한 공포.

지금껏 힘으로 수많은 이들을 공포에 떨게 만들었던 그는 공포가 이리도 숨 막히는 감각이라는 것을 처음으로 인지하게 되었다.

도망쳐라.

본능이 속삭였다.

저 괴물 같은 자와 더 이상 싸워선 안 된다. 혼자서 이길 수 있는 상대가 아니다.

그리고 깨달았다.

"루나 스피릿이 네놈에게 죽었구나……!"

그제야 모든 의문이 풀렸다. 녹주옥을 훔친 게 아니다. 저 손으로 루나 스피릿을 죽이고 빼앗은 것이다!

아크는 그 즉시 모든 힘을 쏟아냈다. 그리고 최후의 수단을 사용했다.

콰가가강-!

그는 모든 걸 내던지고 도망쳤다.

\* \* \*

"끄으으으, 젠장, 젠장―! 도대체 저놈은 뭐냔 말이다!"

혼자선 감당할 수 없는 상대였다. 무력도, 자신했던 초인력도 통하지 않았다.

고통을 느끼지 않는다는 특성을 살려 체득한 기술들. 그 모든 기술이 어느 것 하나 통하지 않았다.

이런 끔찍한 경험은 처음이었다.

그가 당장 할 수 있는 건 숨을 쥐어짜며 무작정 도망치는 것뿐이었다.

하지만 그때, 솜털이 삐죽 서는 느낌과 함께 뒤에서 인기척이 느껴졌다.

"어떻게……."

이렇게나 빨리 따라올 수 있단 말인가.

아크가 급하게 뒤를 돌아보았다.

저 멀리서 흡사 미끄러지는 것처럼 땅을 달리는 에단이 보였다.

"미친…… 어떻게 저런 신기가 가능하단 말이냐."

당황한 아크가 빠르게 방향을 돌렸다. 이대로 달려 봐야 그대로 붙잡힐 게 분명했다.

하지만 그것 또한 잘못된 선택이었다.

"젠장……."

절벽이었다.

바닥이 보이지 않을 정도로 까마득한 절벽.

더 이상 도망칠 길이 보이지 않자 체념한 아크가 뒤를 돌아보았다.

"적어도 네놈에겐 죽지 않을 거다. 차라리 내 손으로 직접 목숨을 끊겠다!"

결의에 찬 말과 함께 아크가 절벽으로 몸을 던졌다.

그와 동시에 절벽에 도착한 에단은 슬쩍 아래를 내려다보고는 그대로 등을 돌렸다.

\* \* \*

"반드시 알려야 한다, 반드시. 회의 앞날에 큰 방해가 될 놈이야."

찰박-. 찰박-.

절벽 아래.

그곳에 흐르고 있던 물에서 빠져 나온 11사도는 넝마짝이 된 채로 걷고 있었다.

다른 사도들과 회주에게 반드시 놈에 대해 알려야 했다. 또한 12사도인 루나 스피릿이 죽었다는 사실 또한 알려야 했다.

"아마 내가 죽었을 거라 생각하겠지. 명청한 놈."

분명 놈은 자신이 죽었을 거라 생각하고 있으리라.

치명상을 입은 상태로 절벽에서 떨어졌으니, 당연히 그리 생각할 것이다.

하지만 아크는 명색이 회의 11사도였다.

샤아아악-.

그의 심장에서부터 뿜어져 나오는 강렬한 생명력.

사도에게만 내려지는 문 마더의 힘으로, 죽을 위기에 처하면 그 즉시 활성화되는 강력한 치유의 힘이었다.

"빨리 여기를 벗어나서……."

찰박-. 찰박-.

그때 갑자기 소리가 들렸다. 자신의 발소리가 아니었다.

아크가 그 자리에 멈춰 섰다.

그럼에도 소리는 계속해서 이어졌다.

찰박-.

분명 지금 들려서는 안 되는 소리였다.

아크는 천천히 소리가 난 곳을 보았다.

찰박. 찰박.

저 멀리에 검은 인영이 보였다. 그 검은 인영이 천천히 이쪽으로 다가오고 있었다.

"설마……."

설마. 그럴 리가 없다. 아크의 표정에 공포가 깃들었다. 상처가 대부분 치유되었음에도 온몸이 마구 떨려 왔다.

검은 인영이 어둠 속에서 천천히 그 모습을 드러냈다.
샤악―.

어둠 속에서 빠져나온 서리검이 그 날카로운 검신을 자랑했다. 이어서 에단이 웃는 낯으로 걸어 나왔다.

"나는 말이야. 너희들이 얼마나 바퀴벌레 같은 놈들인지 아주 잘 알고 있다. 죽여도 죽여도 죽지 않고 버텨서 결국엔 살아 나가지."

아크의 눈동자가 크게 흔들렸다.

"그래서 말이야. 나는 직접 내 손으로 마무리를 짓지 않으면 너희들이 죽었을 거라 믿지 않는다."

"문 마더시여…… 정의로운 어머니시여……."

"실컷 빌어 보거라. 그 기도가 닿을지는 모르겠지만 말이다."

"네, 네놈……!"

"왜냐면 나도 내 신께 빌었거든. 네 기도가 닿지 않았으면 한다고."

에단이 검을 위로 치켜들었다.

아크는 절망에 찬 눈빛으로 그 모습을 쳐다보았다.

그는 이미 저항할 의지가 남아 있지 않았다.

그런 아크를 보며 에단이 비릿하게 웃었다.

"힘을 안 내려 주셨나 보네."

아크는 무어라 대답하지 못했다. 그저 속으로 계속해서 문 마더의 이름을 되뇔 뿐이었다.

"그럼 내 기도가 확실히 닿았나 보군."
에단이 그대로 검을 휘둘렀다.

**-악명이 자자한 자를 상대로 승리했습니다!**
**-명성이 크게 오릅니다!**

에단이 짧게 한숨을 내쉬고는 숨을 골랐다.
"불멸 영웅의 호흡이 확실히 대단해. 11사도의 초인력을 완벽히 막아 낼 줄이야. 몇 번은 통할 거라고 생각했는데."
에단은 이번 싸움으로 굉장히 많은 걸 얻게 되었다.
'지금 내 힘이 어느 정도인지 확실히 확인했다.'
이게 가장 큰 수확이었다.
상대의 초인력을 봉쇄했다는 이점이 있긴 했지만 11사도를 상대로 단 한순간도 주도권을 내주지 않고 압도할 수 있었다.
"게다가 가장 죽이고 싶었던 놈을 죽인 것도 큰 수확이고."
에단은 쓰러진 아크 데이소토스의 시체를 살폈다.
"메이스는 다 부서졌으니 필요 없고, 음, 골드도 필요 없고."
숨이 끊어진 아크의 품을 뒤지던 에단의 손에 무언가가 걸렸다.

"여기 있구만."

아크의 신물, 11사도의 녹주옥을 찾았다.

12사도인 루나 스피릿의 녹주옥과는 그 모양이 달랐다.

'마름모 모양이군.'

"응?"

에단이 두 녹주옥을 쥐자 순간 녹주옥이 서로 공명하기 시작했다.

지이이잉-!

그러더니 두 개의 녹주옥이 하나로 합쳐졌다.

샤아아악-.

-녹주옥이 합쳐졌습니다!
-녹주옥이 당신을 새로운 주인으로 인정했습니다.
-특정 스탯이 4만큼 증가합니다!
-체력 스탯이 4만큼 증가합니다.

"이런 기능도 있어?"

에단은 적잖게 놀랐다.

달의 추종자 쪽의 정보는 모르는 게 없다고 생각했건만. 사도까지 오른 게 아니다 보니 확실히 자신도 모르는 정보가 있었다.

"오히려 좋군."

본의 아니게 녹주옥에게서 주인 인정을 받고 보너스 효과까지 챙겼다.

"단순히 신분을 증명하는 물건인 줄로만 알았는데."

에단은 씩 웃었다.

"스탯은 높으면 높을수록 좋으니까."

샤아아악-.

서리검을 휘둘러 11사도의 숨통을 확실히 끊은 에단은 다시 동굴로 향했다.

\* \* \*

달의 추종자들은 아직까지도 상황을 이해하지 못한 채로 이야기를 나누고 있었다.

"왜 사도님들끼리 싸우신 거지?"

"뭔가 큰 트러블이 생겼나 본데."

"흐으으음, 알 수가 없군."

"그런데 새롭게 오신 사도님은 몇 번째 사도님이신 거지?"

저마다 상황을 추측하는 가운데 에단이 나타났다.

"사도님!"

"오셨습니까, 사도님!"

추종자들은 에단을 반기면서 슬쩍 그 뒤를 살폈다. 그와 싸웠던 11사도의 모습은 보이지 않았다.

"혹시 어떻게 된 일인지 저희가 알 수 있겠습니까……?"
"그래, 너희들도 알아야지."
에단이 말했다.
그러고는 서리검을 꺼내 들어 그대로 휘둘렀다.
샤아아악-.
가까이 있던 달의 추종자들이 에단의 서리검에 그대로 얼어붙었다.
뒤이어 에단이 크게 발을 굴렀다.

**-지진을 사용합니다!**

콰드드드드득-!
얼어버린 달의 추종자들이 그대로 얼음 덩어리가 되어 땅에 떨어졌다.
"저승에 가서 11사도한테 직접 물어보도록. 어떻게 된 일인지 말이야."
"무, 무슨! 이게 무슨 짓입니까!"
"네놈! 사도님이 아니구나!"
"정말 내가 사도가 아닌 것 같더냐?"
에단의 말에 달의 추종자들은 혼란을 감추지 못했다. 분명 지금 이 행동까지도 지극히 사도다운 행동이었다.
"그럼 어째서!"
"어째서 저희를 이렇게 죽이시는 겁니까! 저희는 문 마더를 믿고 그분의 의지에 따라서 열심히 일했습니다!"

"벌을 주실 게 아니라 상을 내려 주셔야지, 어째서 저희를 죽이시는 겁니까!"

"그것도 궁금한가?"

에단은 이들의 성향을 아주 잘 알고 있었다.

이곳에 모인 퍼스트 오더부터 서드 오더까지. 명령이 내려지면 그게 어떤 내용이든 가리지 않고 수행한다.

비교육 신도들과는 다르다.

'단 한 명도 제대로 된 놈들이 없다.'

직접 겪어 봤기에 안다. 이들은 새벽회를 위해 목숨까지도 바칠 이들이다. 그렇게 하도록 세뇌를 당했고 그를 위한 교육을 받은 이들이다.

'비교육 신도들을 나락으로 떨어뜨린 건 다른 누군가가 아니다.'

11사도가 제아무리 가학적인 취미를 가지고 있었다고 한들 수백 명에 달하는 이들을 하나하나 관리하진 않는다.

'나머지는 다 이놈들이 한 거야.'

"죽음이야말로 구원이다. 지금 나는 너희들에게 구원을 내려주고 있는데, 왜 너희들은 그 은총을 거부하려 하지?"

새벽회의 교리 중 하나였다. 이 교리에 세뇌된 이들은 앞뒤 가릴 것 없이 회를 위해 움직인다.

그 때문에 목숨을 잃더라도 개의치 않는다. 죽음으로써 구원받으리라 믿으니까.

"하, 하지만!"

"다들 가서 직접 확인하면 된다. 여기서 말하는 건 아까우니 내 직접 자비를 베풀어 주마. 한시라도 빨리 가서 확인할 수 있게."

이후 달의 추종자들을 처리한 에단은 본래의 계획대로 새로운 문포스의 신도들을 데리고 밖으로 나왔다.

이들은 아직도 겁에 질려 떨고 있었다.

11사도에게 몇 번이고 끔찍한 짓을 당해 왔으니, 그 공포에서 쉽게 벗어나지 못하는 게 당연했다.

"다들 걱정할 필요 없다. 다 끝났다. 여러분에게 문 마더를 강요하는 이는 이제 없을 테니까."

에단은 새로운 문포스의 신도들을 이끌고 신전으로 향했다.

'정확한 위치를 말해 주지 않아서 이곳저곳 살펴야 할 거라고 생각했는데.'

위치를 굳이 말해 주지 않은 이유가 있었다.

"딱 봐도 알겠군."

동굴 바깥으로 나오니 이전에는 보이지 않았던 신전이 우뚝 솟아 있었다.

"여기는 대체······."

"분명 없었던 건물인데······."

이들은 이 근방을 아주 잘 알고 있었기 때문에 갑작스럽게 나타난 문포스의 신전을 보며 놀라 당황했다.

"이곳이 바로 문포스의 신전. 여러분을 굽어 살필 여신의 신전이다."

에단이 말했다.

"아까도 말했지만 굳이 이곳에서 살 필요는 없다. 그저 생각날 때 한 번씩 문포스께 기도하는 정도면 충분하다. 여러분은 이제 자유다."

"자유……."

지금껏 이들에게 없던 것이었다.

문 마더를 믿으라 강요당하며 빼앗긴 것이었다.

"갑작스레 자유라고 이야기해도 당황스럽겠지. 게다가 치료를 위해 회에서 포션을 받던 이도 있을 테고. 여러 가지로 회의 도움 없이는 살 수 없을 테니까."

에단은 이들에게 프로체슈트를 추천했다.

"프로체슈트로 가도록. 필요한 모든 자원은 내가 지원할 테니, 그곳에 가서 내 이름을 말하면 된다."

"……저희를 구해 주신 신의 사자님의 이름을 들을 수 있겠습니까?"

저마다 두 손을 맞잡은 채 묻는 신도들의 질문에, 에단은 고개를 끄덕이며 대답했다.

"에단 휘커스."

＊　＊　＊

　에단은 다시 동굴로 돌아와 붙잡힌 신성 기사들을 치료해 주었다.
　"으으으, 여기가 어디······."
　"반, 참으로 대단했습니다. 홀로 그 많은 수의 추종자들을 처리하다니요. 정말 멋진 불살주의였습니다. 메이스를 들고 춤을 추는데 추종자들이 홀려 스스로 달려들 줄은 저도 예상치 못했습니다."
　"······네?"
　반 크로우가 당황한 표정을 지었다.
　하지만 에단이 대단한 활약이었다고 계속해서 칭찬해 주자 반의 표정이 진짜 내가 그랬나? 하는 표정으로 변화했다.
　"고맙다, 반!"
　"감사합니다, 반 님!"
　"덕분에 살았어!"
　"에단 님께 감사드립니다. 정말······ 죽는 줄로만 알았습니다."
　신성 기사들의 칭찬에 반은 의아함을 거두고 크게 웃었다. 에단은 그 모습에 피식 웃고는 출구 쪽을 가리켰다.
　"다들 먼저 돌아가시죠. 이미 이곳에 있는 모든 추종자들을 처리했습니다."

"같이 가시는 거 아닙니까?"

"저는 따로 할 일이 남았습니다."

가장 중요한 일이 남았다.

'문포스의 신전에서 보상을 받아야 하니까.'

기사들이 모두 떠나고, 동굴 밖으로 나온 에단은 새로운 문포스의 신전으로 들어섰다.

다른 문포스의 신전과 달리 이미 한 차례 부서졌다 다시 만들어져서 그런지 규모가 꽤 작았다.

하지만 문포스의 신전답게 문포스의 동상은 있었다.

에단은 동상 앞에 서서 기도하듯 손을 맞잡았다.

**-문포스가 당신의 기도에 축복을 내립니다.**
**-보상을 확인하십시오!**

동상 옆 제단에 빛이 휘몰아치더니 이내 상자 하나가 나타났다.

에단은 곧장 상자를 열었다.

**-보상을 확인합니다!**

"이건……."

신발이었다. 꽤나 심플해 보이는 디자인의 신발로 별

다른 특징은 보이지 않았다.

**-문포스의 가죽 부츠(S)를 얻었습니다!**
**-특별한 능력이 깃든 부츠입니다.**

심플해 보이지만 평범한 느낌은 아니었다.

예상대로 호루스의 눈으로 보니 부츠엔 냉기가 깃들어 있었다.

'냉기 속성 신발?'

에단은 곧장 가죽 부츠를 착용했다.

"오."

그리고 마나를 불어넣자 놀라운 상황이 펼쳐졌다.

가죽 부츠에서 자그마한 날개가 튀어나오더니 쫙 펼쳐진 것이다.

새파란 냉기와 함께 튀어나온 하얀 날개가 그대로 에단의 몸을 하늘로 띄워 올렸다.

그러나 비행은 오래가지 않았다.

"마나 보유량에 따라 지속 시간이 정해지나 보네."

지금의 마나로 에단이 비행할 수 있는 시간은 딱 1초였다.

"당장은 어색하지만 제대로만 활용하면 창공섬에 갈 때도 유용하게 쓸 수 있겠는데."

받을 때마다 느끼는 거지만 문포스의 보상은 활용 가치

가 굉장히 높았다.

"지금처럼 잘하겠습니다, 여신님. 신도도 더 늘리고 잊힌 신전들도 다시 세우도록 하겠습니다."

샤아악-.

그런 에단에게 문포스의 축복이 내려왔다.

\* \* \*

에단이 사라진 신성 기사들을 모두 구해 돌아오자 이노신 대주교는 곧장 그를 명예 주교로 임명했다.

"홀리라이트의 새로운 주교가 되신 에단 님께 항상 여신의 축복이 함께하길 기도하겠습니다. 이번 일은 정말로 감사드립니다. 신성 기사들에게서 이야기를 전부 들었습니다."

이번 일은 이노신 대주교마저 놀랄 정도로 위대한 업적이었다.

물론 에단은 사도와 싸운 사실에 대해선 말하지 않았다.

당사자가 다행히 사도가 자리를 비운 덕분에 이길 수 있었다고 말하니, 이노신 대주교도 수긍할 수밖에 없었다.

'사도를 죽인 건 숨길 수 있을 때까지 숨기는 게 낫지.'

감탄한 이노신 대주교는 저 대단한 업적을 축소해서 말

하는 에단을 보며 한층 그에 대한 경외감을 느꼈다.

"그 공명정대한 마음을 기억하겠습니다."

그렇게 말하면서 이노신 대주교는 에단에게 축복을 내려 주었다.

이노신 대주교의 축복은 일전 빈센트 주교의 축복보다 훨씬 더 신성했다.

가진 신성력이 훨씬 더 방대하기 때문이었다.

하지만 에단은 이미 문포스의 후예.

홀리라이트 여신의 축복을 받아도 큰 의미는 없었다.

'그래도 멋있으니까.'

이노신 대주교의 축복은 다른 주교들과의 축복과는 확연히 달랐다. 반짝이는 느낌 사이로 살짝 푸른색이 섞인 게 척 보기에도 멋이 대단했다.

'기억해 둬야겠군.'

이 축복은 후에 에단 공방에서 판매할 신상품으로 만들어 야무지게 팔게 될 것이다.

"이제 에단 님은 저희 홀리라이트의 명예 주교가 되셨습니다. 앞으로 홀리라이트는 에단 님을 위해 많은 도움을 드릴 것이니, 에단 님께서도 부디 홀리라이트를 위해 일해 주시길 바라겠습니다."

"잘 부탁드립니다, 이노신 대주교님."

이걸로 홀리라이트 쪽 작업은 끝났다.

'성녀와 만나는 계획, 교단 쪽 준비는 이걸로 크게 한

걸음을 뗐다.'

이젠 여러 루트를 뚫어 성녀를 만날 가능성을 높이는 일만 남았다.

'다음 계획을 실행한다.'

      \* \* \*

-요즘 들어 [제대로 된 신만 구독함] 님이 엄청 열심히 답변을 달고 있던데, 혹시 보셨습니까?

-예, 저도 그분이 답변을 달아 주셨습니다. 항우 님의 역발산을 수련하는 게 어려워서 질문을 했는데 바로 답변을 달아 주시더군요. 알려 주신 대로 몸을 움직였더니 진짜 역발산의 숙련도가 올랐습니다.

-어? 저도 척준경 님 기술 관련해서 질문했었는데…….

-저는 허준 님 질문이었습니다.

커뮤니티의 질문&답변 게시판에 출몰한 [제대로 된 신만 구독함]은 수많은 질문에 답변을 달기 시작했다.

답변을 달아 주는 수도 놀라운데 내용 역시 다른 뻔한 답변과 수준이 달랐다.

내용을 이해하기가 쉬웠고 당장 시험해 보기도 쉬웠다.

-역시 경력직은 다른가 봅니다. 구독 후기 작성 때도 그랬는데, 애초에 이 신세계에서 배운 것들을 모조리 다 이해하고 있으니 가능한 일이겠죠.

-드릴 수만 있다면 내공을 100개도 더 드리고 싶은 기분이에요.

에단은 커뮤니티를 통해 자신을 언급하는 신세계 구독자들의 반응을 확인했다.

'다행히 반발심은 없군.'

몇몇 구독자들이 질투심에 에단을 방해하려 할 수도 있었다. 아니면 갑자기 답변을 달고 다니는 에단의 모습에 뭔가 또 새로운 걸 하나 보다 하면서 따라 할 수도 있었다.

'다들 자신만의 기준이 있는 법이니까.'

걱정과 달리 막연히 에단을 곧장 따라 하는 이는 없었다.

'덕분에 내공이 많이 모이고 있어.'

이제 필요 내공이 얼마 남지 않았다.

달아 두었던 답변 다섯 개만 더 확정이 된다면 드디어 200개의 내공이 모이는 셈이었다.

-200개의 내공을 모았습니다!
-당신은 질문&답변 게시판의 지식인이 되었습니다.
-[질문&답변 게시판] 영웅 등급에 등극하였습니다.

"오."

영웅 등급에 등극했다니.

그렇다면 분명 보상이 있을 터.

[영웅급 지식인!]
-지금부터 모든 질문자들에게 당신이 다는 답변이 우선적으로 제공됩니다.

"역시 혜택이 있어."
에단은 씩 웃었다. 답변이 가장 먼저 노출된다면 나중에 내공을 모을 때 큰 도움이 될 것이다.

-새로운 내공 상점이 개방됩니다.
-내공 상점은 등급에 따라 구매 가능한 물품이 다릅니다.
[내공 상점에 오신 걸 환영합니다]
[현재 나의 내공 : 200]
[물품]
-신과의 합방권 [내공 100개]
-신세계 프로젝트 [내공 1,000개]
-강신권 [내공 2,000개]
…….

"뭐지 이게?"
새롭게 나타난 내공 상점. 거기엔 정체를 알 수 없는

물품이 두 개나 있었다.

"신세계 프로젝트? 이게 뭐길래 내공이 1,000개나 필요한 거지?"

심지어 그 아래에 있는 강신권은 필요한 내공이 무려 2,000개였다.

"등급이 올라가니 확실히 뭔가 대단한 걸 살 수 있게 됐군."

200개도 꽤 시간을 들여 얻었다. 1,000개나 2,000개는 아직 엄두도 나지 않는 개수였다.

"꾸준히 답변을 달다 보면 구매할 수 있겠지."

에단은 특히 신세계 프로젝트라는 것에 관심이 갔다.

이름부터 뭔가 궁금하지 않은가.

"모이면 저것부터 사 봐야겠군."

무려 내공 1,000개를 지불해야 얻을 수 있는 거니, 분명 평범하지 않은 물품일 것이다.

"일단 200개를 다 모았으니까."

지금 중요한 건 이 200개의 내공으로 살 수 있는 알고리즘 강화권이었다.

-내공 200개를 사용합니다.
-[알고리즘 강화권]을 구매하였습니다!
-일시적으로 알고리즘 강화가 적용되었습니다.

"영구적인 건 아니군."

하긴 어찌 보면 당연하다.

본래도 효과가 좋은 알고리즘 강화다.

근데 그걸 고작 내공 200개에 강화할 수 있으면 그거야말로 밸런스 붕괴였다.

'그럼 한번 보자고. 200개의 내공을 모아서 구매한 알고리즘 강화권이 그 가치를 할지 말이야.'

에단은 키워드를 검색했다.

키워드는 이전과 동일했다.

[드래곤 길들이기]

그렇게 검색하자 곧바로 알고리즘이 반응했다.

**-알고리즘이 당신의 상황에 따라 신을 찾고 있습니다.**

얼마 지나지 않아 띵, 하는 소리와 함께 알고리즘이 신 하나를 추천해 주었다.

"이건……."

에단이 놀란 눈으로 알고리즘이 추천한 신의 이름을 보았다.

8장

8장

[명계의 왕, 하데스]

"하데스?"
에단이 순간 인상을 찌푸렸다.
분명 키워드는 드래곤 길들이기였다.
그런데 나온 신이 하데스라니.
"맞는 건가?"
분명 강화된 알고리즘이 직접 추천해 준 신이니 에단이 검색한 키워드에 걸맞은 신일 터.
하지만 석연치 않은 마음이 드는 것도 사실이었다.
"명계의 신이었지, 아마."
에단은 잠시 고민했다.

**-구독에 필요한 좋아요 수는 '30개'입니다.**

이전에 청낭노 화타를 구독할 때 들었던 좋아요는 20개였었다.

'그보다 10개가 더 높아.'

물론 그사이에 업적을 꽤 많이 달성해 둬서 30개 정도야 얼마든지 쓸 수 있었다. 하지만 하데스와 드래곤 길들이기 사이에 연관성이 보이지 않아 구독하기가 망설여졌다.

잠시 고민 끝에 결정했다.

"망설이지 말자. 강화까지 한 알고리즘이야."

그렇다면 믿을 만할 것이다.

에단은 곧바로 명계의 왕, 하데스를 구독했다.

"응?"

그리고 곧바로 채널을 확인했다. 명계의 왕이니 죽음과 관련된 능력을 영상으로 만들어 놨을 거라고 생각했다.

"구독자 수가 왜 이래?"

하지만 채널을 확인한 에단은 의아함을 느꼈다.

구독자 수는 물론이고 좋아요 수도 뭔가 이상했다.

하데스 정도면 신세계 내에서도 꽤나 인지도가 높은 신일 텐데.

"구독자는 꽤 있는데, 좋아요 수가 엄청 낮아."

그 말인즉슨 구독자들이 구독만 하고 영상을 거의 보지 않았다는 소리였다.

에단은 한껏 인상을 썼다.

그러고는 꺼림칙한 느낌을 억누르며 업로드되어 있는 영상들을 확인했다.

"맙소사."

채널에 게시된 영상은 총 세 개.

[말 안 듣는 반려동물 길들이는 방법]
[내가 케르베로스를 어떻게 훈련시켰는가]
[강대한 힘을 가진 몬스터가 좋아하는 것]

"케르베로스?"

케르베로스, 머리가 세 개 달린 삼두견으로, 명계의 파수꾼으로 유명한 마수였다. 표현이 조금 이상하긴 하지만 굳이 따지고 보자면 하데스의 반려견이라 해도 이상할 건 없었다.

"케르베로스를 다루는 방법이 드래곤을 다루는 방법과 비슷한 면이 있는 건가?"

확실히 이름값으로 따지자면 케르베로스 또한 명계의 유명한 마수니 드래곤과 비견될 정도인 건 분명했다.

"이러니 좋아요 수가 낮을 수밖에 없구만?"

하데스라 하면 명계의 신이자 올림푸스의 주신인 제우스와 견줄 수 있을 만큼 강력한 힘을 가진 신이라 알려져 있다.

그런데 정작 채널이 짐승 다루는 법을 알려 주는 데 치우쳐져 있었으니.

"신들의 취향이 이렇게나 다른 거군."

생각해 보니 신화 속 하데스는 꽤나 조용한 편이라 알려진 것 같기도 했다.

자신의 땅인 명계 내에서 감히 범접할 수 있는 이 하나 없는 독보적인 위치에 있으니, 달리 욕심도 없는 모양이었다.

"제우스와는 완전 딴판이군."

하지만 오히려 좋다. 긴가민가하긴 했지만 자세히 보니 지금 에단에게 딱 필요한 신이 아닌가.

"역시 알고리즘을 강화한 보람이 있네. 200개를 모으려고 그렇게 많은 답변을 달았는데 말이야."

모든 답변이 채택되는 게 아니다 보니 목표한 내공을 모으기까지 답변 수백 개를 달아야 했다.

다행히 그 과정에서 답변을 다는 데 익숙해지면서, 중반쯤부터는 질문에 딱 맞는 완전 맞춤 답변을 할 수 있게 되기도 했다.

"이러면 다음에도 알고리즘 강화를 써야 하나?"

에단은 잠시 고민했다.

"알고리즘 강화권을 매번 필요할 때마다 계속해서 사야 할 리 없겠지. 분명 영구적으로 유지되는 알고리즘 강화권이 있을 거야."

분명 내공 상점은 등급에 따라 구입할 수 있는 게 다르다고 했다.

현재 에단은 영웅 등급의 지식인.

그렇다면 지금보다 상위 등급을 달성하면 내공 상점에서 알고리즘 영구 강화권을 구할 수도 있을 것이다.

'어찌 됐든 답변을 주기적으로 달아서 등급을 올리는 게 제일이겠어.'

에단은 곧바로 첫 번째 영상을 눌렀다.

-반갑군. 우선 말해 둘 게 있네. 나는 이 신세계에서 이기고 싶은 마음이 딱히 없네. 솔직히 말하지. 난 우리 귀여운 케르베로스를 다른 이들에게 보여 주고 싶어서 신세계에 참여하기로 결정했어.

말을 마친 하데스가 슬쩍 몸을 돌렸고, 그 뒤로 웅장한 모습의 삼두견 케르베로스가 모습을 드러냈다.

'드래곤만 하겠는데.'

영상으로 봐도 어지간한 드래곤 성체와 맞먹는 크기가 아닐까 생각될 정도였다.

-어떤가? 귀엽지 않는가?

크르르르르릉-!

케르베로스의 울음소리는 듣는 것만으로도 사람 여럿은 기절하겠다 싶을 정도로 강렬했다.

-귀여운 녀석.

물론 하데스에겐 귀여운 반려견에 불과했다.

―나는 이 케로베로스를 꽤 오랜 기간 기르면서 이 녀석을 케어해 줄 수 있는 기술들을 중점적으로 연마했지. 미안하지만 명계의 왕 하데스를 기대한 거라면 구독을 취소해 주길 바라네.

아마 구독자의 상당수가 이 시점에서 영상을 끄고 구독을 취소했을 가능성이 높았다.

이러니 엄청난 인지도를 가지고도 구독자에 비해 좋아요가 낮을 수밖에.

당장 남아 있는 구독자들은 이미 사용한 좋아요가 아까워 차마 구독을 취소하지 못하고 하데스가 마음을 바꾸길 기다리고 있는 게 아닐까 싶었다.

―하지만 내게서 마수를 다루는 방법을 배우고 싶다면 이 영상을 끝까지 보게나. 내 오랜 세월 동안 마수와 함께 뒹굴며 얻은 모든 것들을 자네에게 전수해 줄 테니.

하데스가 굉장히 자신감 넘치는 표정으로 말했다.

'오호라, 이렇다면 내가 더 할 수 있는 게 많겠는데?'

물론 하데스의 능력이 제대로 된 능력이라는 전제하였다.

'하데스는 신세계에서 승리한다거나 그런 큰 목적은 없어. 단순한 목적만 있지.'

그리고 그 단순한 목적이 오히려 더 큰 성과를 낼 수 있을 가능성이 높았다.

'분명 이 하데스의 능력에 대한 수요는 있을 테니까.'

에단은 계속해서 영상을 보았다.

하데스는 우선 케르베로스를 예시로 마수를 길들이는 방법을 알려 주었다.

-가장 중요한 건 마수와의 교감일세. 물론 마수는 쉽게 길들일 수 있는 대상이 아니지. 그래서 필요한 게 바로 마수와 자신의 파동을 맞추는 기술, 테이밍일세.

**-마수 테이밍을 배웠습니다.**
**-스킬 추가 : 마수 테이밍 (S)**

마수 테이밍.

말 그대로 마수를 길들일 수 있는 기술이었다.

-하지만 테이밍으로 마수를 길들인다고 해서 그 마수가 자네의 말에 온전히 따르는 건 아니지. 아까도 말했지만 중요한 건 교감이야. 마수를 테이밍한 이후로도 계속해서 교감을 쌓아야 하네. 그래야 그 마수가 점차 마음을 열고 자네를 따르게 될 테니까. 자, 그럼 두 번째 영상에서는 훈련을 위주로 알려 주지.

하데스의 첫 번째 영상이 그렇게 끝이 났다.

'이거, 확실하게 테이밍할 수 있는 기술인가 본데.'

영상 속 케르베로스는 시종일관 흥분한 듯 침을 질질 흘리며 마수 특유의 위협적인 모습을 보였다.

하지만 하데스의 손에 그 거대한 발을 올린다거나 배를

보이며 복종함을 드러내는 등 하데스를 완벽히 따르는 것처럼 보였다.

"이거네."

에단이 히죽 웃었다.

그리고 연이어 두 번째 영상과 세 번째 영상도 보았다.

**-좋아요를 사용했습니다!**

-자, 길들이는 건 가장 기초적인 거지. 이제 마수를 길들였으니 내 말을 잘 듣도록 교육시켜야겠지? 어느 인간이 그러더군. 마수를 길들일 땐 주도권을 꽉 쥐고 있어야 하는 거라고. 인간인지 인간인 척하는 개인지 모르는 인간의 말이었으나, 나는 그 말에 전적으로 동의한다.

두 번째 영상에서 하데스는 케르베로스를 교육하는 모습을 보여 주었다.

-중요한 건 교육을 잘 따랐을 때 보상을 주는 걸세. 똑똑한 마수라면 그에 맞춰서 보상을 줘야겠지. 우리 케르베로스는 똑똑하면서도 워낙 착해서 이 정도 보상이면 만족하는 편이라네.

하데스가 짝, 하고 박수를 치자 케로베로스가 그 자리에서 텀블링을 하더니 하늘을 향해 세 개의 머리를 치켜들었다.

화르르륵-!

그와 동시에 입에서 뿜어져 나온 푸른 화염이 하늘을 가득 메웠다.

'오.'

에단은 그 모습에 감탄했다.

-우리 케르베로스는 보상으로 고기면 충분하지. 하지만 이건 케로베로스의 경우야. 자네가 길들이고 훈련시킬 대상에 따라 잘 맞는 보상을 따로 준비해야 하네. 우선 여기서 그 어떤 보상이든 잘 받아들일 수 있게 하는 기술을 전수해 주도록 하지.

**-마수 테이밍이 업그레이드되었습니다.**
**-마수에게 보상을 내릴 시 그 효과가 증대됩니다.**

-그 어떤 보상이든 간에 조금 더 잘 먹힐 걸세.

마지막 세 번째 영상은 앞선 두 영상의 요지를 총망라한 영상이었다.

하데스는 케르베로스를 쓰다듬으며 마수를 다스리는 데는 당근과 채찍, 무엇보다 교감이 중요하다는 내용을 거듭 강조했다.

"음."

모든 영상을 본 에단은 곧장 하데스가 볼 수 있도록 댓글을 남겨 두었다.

-하데스 님, 안녕하십니까. [제대로 된 신만 구독함]이

라는 이름을 가진 구독자라고 합니다. 다름이 아니라······.
 하데스가 원하는 건 딱 하나다.
 -그 귀여운 케르베로스를 보다 많은 이들에게 자랑하고 싶지 않으십니까? 제가 도와 드리겠습니다. 조금이라도 더 많은 이들이 케르베로스를 사랑하도록 말입니다.
 '이거면 넘어올 수밖에 없다.'
 에단은 확신을 가졌다.

　　　　　＊　＊　＊


 드래곤의 언덕.
 지형 자체가 마치 드래곤의 등을 연상시키는 형태를 하고 있다 보니 자연스레 이런 이름이 붙게 되었다고 한다.
 '게다가 드래곤의 서식지와 가까워서 이런 이름이 붙었다고도 했지.'
 이 드래곤의 언덕은 굉장히 특이한 곳으로, 드래곤의 등처럼 생긴 언덕을 중심으로 상당히 넓은 숲이 펼쳐져 있었다.
 숲 자체가 드래곤의 서식지로도 유명하지만 무척이나 위험한 마수들이 많아 신성 제국에서 직접 관리하고 있었다.
 물론 기사단을 파견해 관리하는 것은 아니었다. 근방의 유능한 사냥꾼들을 파수꾼으로 삼아 숲을 관리했고, 숲에 들어가길 원하는 이들에겐 비싼 입장료를 받았다.

"두 팀이 들어갔는데 그 두 팀 다 모두 연락이 끊겼습니다. 아마 전부 다 죽었을 가능성이 높습니다. 일확천금을 노리다가 결국 목숨을 잃게 된 거지요. 그런데도 들어가시려는 겁니까?"

"그렇소."

드래곤의 언덕을 관리하는 파수꾼은 그 대답을 끝으로 더 이상 에단을 만류하지 않았다.

에단은 파수꾼에게 망설임 없이 입장료를 지불했다.

"후…… 알겠습니다. 그러면 함께 들어가실 일행과 함께 다시 찾아오시면 됩니다."

파수꾼이 돈을 챙기며 말했다.

"다 왔소."

"예?"

"일행이 다 왔단 말이오."

"설마……?"

"혼자요."

"허……."

파수꾼이 눈을 크게 떴다. 이내 그는 못 볼 것을 봤다는 듯이 고개를 절레절레 저었다.

간혹 이런 사람이 있다.

"죽으려면…… 곱게 죽으시지."

파수꾼이 투덜거리며 앞장을 섰다.

"제가 안내해 드리는 건 딱 드래곤의 언덕까지입니다. 거기서부턴 알아서 하셔야 합니다."

\* \* \*

드래곤의 언덕의 파수꾼들은 하나같이 우수한 실력을 가진 사냥꾼들이다.

이들의 역할은 이 숲을 관리하고 안으로 들여가려는 이들을 통제, 안내하는 것이었다.

제아무리 금지라 해도 어떻게든 기를 쓰고 들어가려고 하니, 차라리 거액의 입장료를 받고 들여보내는 것이다.

숲을 관리하는 입장에서 입장료까지 받았으니, 파수꾼들은 방문객들을 드래곤의 언덕까지는 확실하게 데려다주어야 했다.

"뒤로 살짝 물러나 계십시오. 이 숲엔 위험한 몬스터들이 굉장히 많습니다. 잘못 걸리면 언덕에 도착하기도 전에 힘이 빠지지요."

파수꾼은 그렇게 말하면서 에단을 안쓰럽다는 듯 쳐다보았다.

"물론…… 뭐, 괜찮으시겠지만."

파수꾼은 에단이 스스로 삶을 끝내러 온 사람이라 생각하고 있었다.

"내가 앞장서겠소."

"위험합니다. 이곳의 몬스터들은……!"

다시 한번 경고하기가 무섭게 사락거리는 소리와 함께 거대한 쥐가 나타났다.

거대 숲쥐.

이 숲에 서식하는 몬스터 중 가장 성가신 몬스터였다.

"물러나십시오! 한 마리는 약하지만 교활하게 수십 마리씩 뭉쳐 다니는 놈들입니다. 상대하다 보면 계속해서 그 숫자가 불어나 감당하기 어려워집니다!"

그러나 에단은 물러서지 않았다.

"죽겠다고 여기까지 오신 건 압니다! 하지만 죽어도 드래곤한테 죽어야 할 거 아닙니까! 고작 숲쥐한테 죽어서야……!"

에단은 그 말에도 오히려 앞으로 나섰다.

파수꾼은 혀를 찼다. 자신의 역할은 딱 여기까지였다.

하지만 어째선지 에단을 그대로 둘 수가 없어, 파수꾼은 허리춤의 검을 뽑아 들고는 그대로 앞으로 돌진하려 들었다.

하지만 그때.

"이리 온."

에단의 목소리가 들렸다. 에단이 거대 숲쥐를 향해 손짓하고 있었다.

"응……?"

그러자 당장이라도 에단을 꿰뚫어 버릴 것처럼 위협적

으로 이를 드러내던 거대 숲쥐가 어리둥절한 표정을 지었다.

그러더니 곧 끼이이익! 하고 비명 섞인 울음소리를 내질렀다.

"이리 온."

에단이 한번 더 말하자 거대 숲쥐가 천천히 몸을 낮추며 에단에게 다가왔다.

"잘했다."

가까이 다가온 숲쥐를 칭찬한 에단이 당근을 던져 주었다.

그러자 숲쥐가 앞니로 당근을 갉아먹기 시작했다.

"뭐야, 이게……?"

사냥꾼으로 살아온 지 25년.

처음 보는 일이 벌어지고 있었다.

\* \* \*

-거대 숲쥐를 테이밍하셨습니다!
-업적을 달성하셨습니다!
-[초급 테이밍] 업적 달성에 따라 좋아요를 획득했습니다.
-좋아요를 '1'만큼 얻었습니다!

'제대로 되는 군.'

하데스의 기술, 마수 테이밍은 꽤나 탁월했다.

거대 숲쥐는 기본적으로 똑똑한 몬스터가 아니다.

테이밍을 하기 위해선 일정 수치 이상의 지능이 필요한데, 이 숲쥐는 지능이 너무 낮아 테이밍하는 것 자체가 불가능한 몬스터였다.

'마수를 테이밍하는 스킬이라 그런지 지능이 낮은 몬스터들도 테이밍이 가능해.'

"끽! 끼익!"

기괴한 울음소리를 내는 거대 숲쥐가 에단이 던져 준 당근을 계속해서 갉아 먹었다.

-거대 숲쥐의 훈련도가 올랐습니다.
-일정 이상의 훈련도에 도달해야 완전한 테이밍이 됩니다.

마수 테이밍은 훈련도에 따라서 테이밍 성공 여부가 결정되었다.

처음엔 대상을 끌어들이고 명령과 보상을 통해 이 훈련도를 높여야 했다.

'그리고 동시에 친밀도도 올려야 해.'

보상은 대상의 주식이 가장 효과적이지만 머리를 쓰다듬고 칭찬하는 행동으로도 대신할 수 있었다.

'그렇게 훈련도와 친밀도를 충족시키면 몬스터를 완전히 테이밍할 수 있다.'

그렇게 테이밍한 몬스터는 에단의 명령을 따르는 든든한 파트너가 되는 것이다.

물론 방치해 두면 친밀도와 훈련도가 떨어져 다시 야생으로 돌아가게 되지만 말이다.

'하지만 저 녀석을 쓰다듬고 싶진 않군. 딱히 쓸 데도 없어 보이고.'

에단은 일단 마수 테이밍의 성능을 확인한 것에 만족하기로 했다.

"끼익!"

"자, 다시 네 자리로 돌아가라."

테이밍했던 거대 숲쥐를 돌려보낸 에단이 또 다른 숲쥐를 테이밍하려 들었다.

"이, 이게 무슨…… 도대체 어떻게 하신 겁니까?"

에단은 놀라 눈이 휘둥그레진 파수꾼을 슬쩍 쳐다보았다.

'놀랄 만도 하지. 애초에 이런 몬스터들은 사람 말을 듣지도 않고 달리 길들일 수도 없으니까.

그런데 에단이 거대 숲쥐를 길들이고 명령을 내리니, 제아무리 경험 많은 파수꾼이라 해도 놀랄 법한 일이었다.

'자세하게 설명할 필요는 없고.'

"놀랄 것 없소. 어릴 적부터 동물들이 유독 잘 따르더군."

"네? 하지만 그, 그건 몬스터가 아닙니까?"

"몬스터도 엄밀히 따지자면 동물이지."

"동물이긴 합니다만, 이런 건 듣도 보도 못한 일입니다."

에단의 말에 파수꾼이 고개를 절레절레 저었다.

"도대체 어떻게 하신 겁니까? 설마 몬스터를 길들이려고 온 겁니까? 그것도 아니면 흑마법을……."

놀라 말하던 파수꾼의 표정이 싸늘하게 굳었다.

신성 제국에게 있어 흑마법은 결코 용납할 수 없는 행위니, 만약 에단이 불순한 의도를 갖고 있다면 곧장 대처해야 할 터였다.

"그저 동물이 잘 따르는 것뿐이오. 나한테 좋은 냄새가 나서 그러는 것일 수도 있지."

"좋은 냄새가 나면 잡아먹었을 겁니다! 그게 몬스터입니다!"

이곳에서 25년간 파수꾼으로 살며 많은 사람들을 만나왔지만 몬스터가 따른다는 사람은 또 처음이었다.

쿵-!

그때 굉음이 들렸다.

그 소리에 거대 숲쥐들이 놀라더니 뿔뿔이 흩어지기 시작했다.

파수꾼 또한 이리저리 살피더니 귀에 신경을 집중했다.

쿵-!

특유의 발걸음 소리, 그리고 도망친 거대 숲쥐들.

이 두 가지 정보로 유추해 봤을 때 지금은 도망쳐야 할 상황이었다.

"젠장!"

파수꾼이 크게 혀를 찼다.

"여기서 도망쳐야 합니다. 이 발소리, 분명 숲 자이언트 오거입니다. 그것도 한 마리가 아닙니다!"

파수꾼이 크게 긴장할 만했다. 거대 숲쥐 따위는 비교도 안 될 정도로 강력한 몬스터가 무리를 지어 다가오고 있는 상황이었으니.

에단 또한 숲 자이언트 오거가 어떤 몬스터인지 아주 잘 알고 있었다.

'어지간한 숲은 자이언트 오거들이 주름잡고 있으니까.'

하지만 두 사람이 채 도망치기도 전에 숲 자이언트 오거 무리가 나타났다.

쿠구궁-!

나무들을 부수며 나타난 자이언트 오거들이 살기가 번들거리는 눈으로 에단과 파수꾼을 내려다보았다.

[lv 79]

무려 레벨이 79였다.

"이런!"

파수꾼이 인상을 쓰며 빠르게 몸을 돌려 도망쳤다. 한 마리도 감당하기 어려운 몬스터인데, 하필 다섯 마리가 동시에 나타났으니.

"도망치십시오, 어서!"

그러나 에단은 파수꾼의 외침에도 그 자리에 가만히 서 있었다.

"설마 저 숲 자이언트 오거도 길들일 생각이십니까!?"

"한번 해 봐야지."

"절대 안 됩니다! 오거를 길들인다니, 그런 이야기는 들어 본 적도 없습니다!"

"나도 그렇소. 들어 본 적이 없지."

"……예?"

멈춰 선 파수꾼이 멍한 표정으로 에단을 쳐다보았다.

"어쩌면 내일쯤엔 오거를 길들인 사람이 나타났다는 이야기가 퍼지게 될지도 모르지. 뒤로 물러나 있으시오. 죽어도 나 혼자 죽을 테니까."

"손님!"

파수꾼이 손을 뻗었으나 에단은 빠르게 몸을 날려 오거에게 돌진했다.

숲 자이언트 오거는 그 이름처럼 4미터가 훌쩍 넘는 덩치의 거대 몬스터였다.

때문에 에단은 자이언트 오거의 다리를 타고 올라갔다.

'테이밍을 할 땐 내 목소리가 정확히 들려야 해.'

숲 자이언트 오거는 소리를 잘 캐치하지 못하니, 놈을 테이밍하려면 귀에 가까이 대고 말해야 했다.

"앉아!"

거기에 더해 첫 명령은 심플하면 심플할수록 좋았다. 그게 테이밍의 첫걸음이었다.

**-테이밍에 실패하였습니다.**
**-숙련도가 부족합니다!**
**-숲 자이언트 오거 테이밍에는 더 높은 숙련도가 필요합니다.**

"숙련도 부족?"

에단이 인상을 썼다.

"그래, 그렇겠지. 마수 테이밍을 배웠다고 당장 모든 마수를 테이밍할 수 있을 리가 없지."

숲 자이언트 오거는 거대 숲쥐과 비교하기가 무색할 만큼 높은 레벨의 몬스터였으니, 지금의 마수 테이밍 숙련도로는 테이밍할 수 있는 상대가 아니었다.

'일단 다른 몬스터들을 테이밍하면서 숙련도를 높여야겠군.'

"그럼 일단 이 자이언트 오거들은 처리해야겠구만."

에단이 천뢰검을 꺼냈다.

"마침 좋은 기회야. 탕약 재료도 얻고 겸사겸사 오거 가죽도 좀 얻어 볼까?"

파수꾼에게 이 다섯 마리의 숲 자이언트 오거는 도망쳐야 할 재난이었지만 에단에게 있어선 잔잔한 바람이나 다름없었다.

서-걱!

에단은 서리천뢰로 가볍게 오거를 베어 냈다.

분명 자이언트 오거는 높은 레벨의 몬스터다. 하지만 에단은 지금보다 훨씬 더 약했을 때도 더 높은 레벨의 몬스터들을 쓰러트려 왔다.

'이런 상황엔 몬스터들의 재앙이 요긴하지.'

에단은 정확하게 오거들의 약점을 노려 찌르고 벴다.

순식간에 자이언트 오거 한 마리가 쿵, 하는 소리와 함께 앞으로 고꾸라졌다.

"어, 어어……!"

멀찌감치 도망가 있던 파수꾼이 입을 쩍 벌렸다.

"이번엔 혼자서 오거를 잡는다고……?"

종전엔 거대 숲쥐를 길들이더니 이번엔 숲 자이언트 오거를 홀로 쓰러트렸다.

"크어어어어!"

그 모습에 화가 난 자이언트 오거들이 에단을 잡으려고 손을 뻗었다. 에단은 그 손에 검을 휘둘렀다.

서-걱!

"끄어어어어!"

오거들은 힘과 속도, 그 어떤 것에 있어서도 에단을 이기지 못했다.

상황을 파악한 오거들이 도망치려 들었다.

하지만 에단의 검에서 벗어나지 못했다.

"얌전히 탕약 재료가 되어라."

\* \* \*

"허······."

처음엔 스스로 목숨을 끊으러 온 사람이라 생각했다.

그런데 난데없이 거대 숲쥐를 길들이더니 이제는 혼자서 자이언트 오거까지 사냥했다.

한 마리도 아니고, 무려 다섯 마리의 자이언트 오거였다.

자이언트 오거는 제아무리 뛰어난 사냥꾼들이라 해도 상대하길 두려워하는 몬스터다.

한 마리를 사냥하는 데 경험 많은 사냥꾼이 다섯은 필요하다. 거기에 확실하게 준비하고 함정까지 파 둬야만 간신히 사냥할 수 있었다.

하지만 눈앞의 저 사내는 그런 자이언트 오거 다섯 마리를 상대하고도 생채기 하나 찾아볼 수 없었다.

착-!

에단은 천뢰검에 묻은 피를 털어 내고 파수꾼을 쳐다보았다.
"이제 상황이 정리됐으니 다시 언덕으로 안내해 주시오."
"도대체…… 정체가……."
파수꾼은 그가 혼자 왔다고 했던 것을 떠올렸다.
이곳에 들어오는 이들은 대부분이 팀을 꾸려서 온다.
그러나 에단은 혼자서 이곳에 찾아왔다.
그 모습에 그때는 안쓰러운 눈으로 에단을 봤었다.
어차피 죽을 생각인 마당에, 기왕이면 드래곤에게 죽겠다고 찾아온 사람처럼 보였으니까.
하지만 정말 혼자만으로도 충분했던 것이다.
"안내하겠습니다!"
파수꾼이 재빠르게 대답하며 앞장섰다.
에단은 파수꾼의 뒤를 따라 숲의 안으로 들어갔고, 그 이후로도 여러 몬스터들을 상대로 테이밍을 시도했다.

**-테이밍에 실패하였습니다!**
**-숙련도가 오릅니다!**

"한번 더!"

**-테이밍에 성공하였습니다!**

-**거대 독뱀이 당신을 따릅니다!**

"좋아!"

-**테이밍에 성공하였습니다**
-**테이밍에 실패하였습니다.**
-**테이밍에……**

 계속해서 테이밍을 시도한 결과, 에단이 드래곤의 언덕에 도착했을 땐 상당한 수의 몬스터 군단이 그 뒤를 따르고 있었다.
 한눈에 보기에도 오합지졸인 군단. 하지만 파수꾼도 놀랄 만큼 다양한 종류의 몬스터들이 에단의 손에 집중하고 있었다.
 "다들 이게 먹고 싶은가 보군."
 몬스터들을 훈련시키기 위해 챙겨 온 보상이었다.
 에단은 그 보상을 멀찍이 뿌렸다.
 "자, 마음껏 먹고 다시 숲으로 돌아가라."
 "……"
 그 모든 모습을 본 파수꾼은 내내 놀라기만 했다.
 더 놀랄 게 없다 생각했는데도 불구하고 에단은 계속해서 파수꾼의 상식과 심장을 강타했다.
 "도대체…… 저 수많은 몬스터들을 어떻게 길들이신

겁니까?"

"그거야 뭐, 몬스터들도 착한 이들은 알아볼 테니까."

"……."

파수꾼이 침묵했다.

그리고 얼마 지나지 않아 두 사람은 드래곤의 언덕에 도착했다.

"제가 안내해 드리는 건 여기까지입니다. 여기서부터는…… 스스로 드래곤의 레어까지 찾아가셔야 합니다."

파수꾼으로 일하는 동안 여기까지 안내해 온 팀은 꽤 많았다.

모두가 자신감이 가득 차 있었지만 그중에서 드래곤의 레어를 찾아 드래곤을 사냥하거나 보물을 훔쳐 나온 이들은 없었다.

그러나 어째선지 눈앞의 사내는 앞서 본 이들과는 다른 결말을 맞을 것 같은 기분이 들었다.

파수꾼이 돌아간 후 에단은 주변을 확인했다.

'원래는 언덕 위로 올라가 저 너머의 숲을 살피는 게 정석이지.'

하지만 에단은 그렇게 할 생각이 없었다.

언덕 위로 올라가면 그 즉시 디트리니르의 시야에 포착된다.

'디트리니르의 영역 안이니까. 디트리니르는 누가 숲에 들어왔는지 전부 느낄 수 있다.'

당장 위치를 들키면 무슨 수를 쓰더라도 레어로 갈 수가 없다. 디트리니르가 의도적으로 길을 변형시키고 숲을 움직이기 때문이었다.

그게 바로 권능이었다.

드래곤의 강력한 힘.

그렇기 때문에 디트리니르의 시선을 피해 다른 길로 레어를 찾아가야 했다.

"딱히 길을 찾을 필요도 없어."

그리고 그 길은 이미 알고 있었다.

'문제는 딱 하나.'

과연 하데스의 마수 테이밍으로 드래곤을 테이밍할 수 있을 것인가.

'해 봐야겠지.'

무엇이든 해 봐야 아는 법.

\* \* \*

"숲이 시끄럽군."

쿠구궁-.

움직이는 것만으로도 레어가 크게 뒤흔들린다.

거대한 몸집, 그리고 그에 걸맞은 거대한 날개.

흑룡 디트리니르가 기지개를 폈다.

"또 인간들이 기어들어 온 건가."

스스로를 드래곤 슬레이어라 칭하며 자신을 사냥하러 오는 이들을 사냥하는 건 언제나 재미있는 일이었다.

게다가 놈들은 항상 반짝이는 것들을 들고 오니, 그 전리품을 레어에 쌓아 두고 구경하는 재미도 쏠쏠했다.

"이번엔 어떤 놈이 올지."

디트리니르는 꽤 기대하며 권능을 통해 숲을 살폈다.

하지만 아무리 기다려도 그의 감각에 걸리는 것이 없었다.

"응?"

분명 자신의 영역 안으로 들어왔을 텐데. 이상하리만치 아무것도 느껴지지 않았다.

"내 감각을 속일 수 있을 정도로 강력한 인간이란 말인가? 흐음."

그래도 아예 못 느낄 정도는 아닐 텐데.

의아함을 느낀 디트리니르가 레어 바깥으로 나왔다.

그리고 동시에 그의 감각에 뭔가가 걸리기 시작했다.

"……느껴지는군."

침입자가 근처에 있었다.

"내 감각을 속이고 이렇게 빨리 내 레어까지 도달하다니."

크르르르륵-.

디트리니르는 자신도 모르게 낮게 울음 소리를 냈다.

"오랜만에 상대할 만한 인간이구나!"

자신의 감각을 속이고 레어를 찾아낸 인간이라니.

도대체 이게 얼마만이란 말인가.

"인간이여!"

디트리니르의 앞으로 한 인간이 나타났다.

인간은 디트리니르를 확인하더니 재빨리 뛰어오기 시작했다.

"크르르르르르-!"

디트리니르가 그 거대한 날개를 펴 하늘로 오르려고 했다.

그러나 그것보다 먼저.

"기다려!"

인간이 소리쳤다.

"무슨 헛소리를……."

그러나 순간 디트리니르의 몸이 그 자리에서 굳었다.

**-강대한 존재에게 테이밍을 시도했습니다.**

**-대상이 길들이기에 저항합니다!**

**-업적을 달성했습니다!**

**-[열 번 찍어 안 넘어가는 나무 없다] 업적 달성에 따라 좋아요를 획득했습니다.**

**-좋아요를 '1'만큼 얻었습니다!**

그저 테이밍을 시도하는 것만으로도 업적이 달성되었다.

'역시 드래곤이군.'

디트리니르는 상황이 이해가 가지 않는지 어리둥절한 표정을 지었다.

"……무슨 짓을 한 거지?"

기다리라는 말에 몸이 확 굳어 버렸다. 물론 힘을 주니 몸이 다시 움직이긴 했다.

하지만 굉장히 찝찝했다.

"뭐냐, 네놈. 내게 무슨 마법을 걸려고 한 것이냐."

영창을 했는지도 알 수 없을 만큼 빠른 속도였다. 거기에 마나가 움직인 것 같지도 않았다.

그렇다면 초인력인가? 하지만 자신에게 어지간한 초인력은 통하지 않는다.

괜히 드래곤 슬레이어 슬레이어라는 별명이 붙은 것이 아니다.

"동물들에게 사랑받는 사람이다."

"……뭐?"

난데없는 대답에 기가 찬 디트리니르는 그 즉시 크게 포효했다.

드래곤 피어.

거대한 숲을 떨게 만드는 용의 포효 한 번이면 어지간한 상대는 가볍게 기절시킬 수 있다.

그러나 에단은 멀쩡했다.

드래곤 피어는 정신 계열의 공격. 제아무리 용의 포효

라 해도 불멸 영웅의 호흡을 사용하는 에단에겐 통하지 않았다.

디트리니르의 긴 포효가 끝나고, 에단은 오히려 한 걸음 앞으로 나서며 디트리니르에게 손을 뻗었다.

"엎드려!"

이번에도 디트리니르의 몸이 움찔거렸다.

"이게 무슨, 도대체 무슨 힘을 쓰는 것이냐!"

언령의 힘인가?

하지만 언령 또한 결국 일종의 마법이었으니 드래곤인 자신에게 통할 리가 없었다.

강대한 마나를 바탕으로 수많은 마법에 저항하는 것이 바로 드래곤의 육체였으니.

"디트리니르, 엎드려!"

에단이 정확하게 이름까지 말하자 디트리니르가 분노에 차 이를 드러냈다.

무슨 일이 있더라도 저 건방진 인간을 씹어 삼켜 버리리라!

"무슨 힘인지는 모르겠다만, 죽어도 그 힘을 사용할 수 있는지 한번 보자꾸나!"

샤아아아악-.

디트리니르의 힘에 새카만 화염이 모였다.

여기서 브레스를 내뿜으면 숲이 전부 다 불타 버릴 수도 있다.

하지만 강력한 드래곤은 브레스를 완벽하게 통제해 낼 수 있었고, 디트리니르 역시 얼마든지 원하는 것만 정확하게 불태울 수 있었다.

화르르르르륵-!

이윽고 새카만 브레스가 에단의 머리 위로 쏟아졌다.

하지만 에단은 피하지 않았다.

그는 지금 집중하고 있었다.

콰아아앙-!

곧 에단이 브레스에 휩쓸렸고, 디트리니르는 그 모습을 바라보며 숨을 골랐다.

몇 초나 지났을까.

에단이 서 있던 자리를 바라보던 디트리니르의 두 눈이 휘둥그레졌다.

브레스에 직격했음에도 에단이 멀쩡히 걸어 나온 것이다.

디트리니르는 어이가 없다는 듯 그를 쳐다보았다.

"브레스를…… 피하지도, 막지도 않아? 근데 멀쩡하다고?"

디트리니르의 분노가 점점 더 커지기 시작했다.

지금껏 수많은 인간을 상대해 왔다. 하지만 눈앞의 인간은 지금까지 경험해 보지 못한 미지의 부류였다.

미지는 공포를 불러왔고, 그 공포는 곧 분노가 되었다.

"감히 인간 놈이! 어디 이것도 한번 막아 봐라! 이 힘에도 멀쩡히 서 있을 수 있나 보자!"

 순간 디트리니르의 몸에서 새카만 아우라가 뿜어져 나왔다. 그 강대한 기운은 주변을 가득 메우고는 빠른 속도로 에단에게 향했다.

 "폭운."

 에단이 다시금 손을 뻗었다.

 "기다려!"

 "……빌어먹을!"

 계속된 테이밍 시도에 디트리니르가 분노를 토해 냈다.

 저 인간의 말에 몸이 다시 마비되고, 엉겁결에 방금 쏘려고 했던 강대한 힘을 꿀꺽 삼켜 버린 것이다.

 "그아아아아아악!"

 분노한 디트리니르가 다시 한번 포효했다.

 도대체 저 힘의 정체가 무엇이기에 위대한 드래곤인 자신이 영향을 받는 것이란 말인가!

 더 이상 분노를 억누를 수가 없었다. 이제 대충 할 생각은 버렸다. 확실하게 저 인간을 죽이기로 결정했다.

 그 모습에 에단은 인상을 썼다.

 "어렵군."

 역시 드래곤은 드래곤이다. 앞서 테이밍했던 몬스터들과 달리 쉽사리 테이밍이 되지 않았다.

 '여기까지 오는 동안 꽤 숙련도를 쌓았는데 말이야.'

하긴 당연한 일일지도 모른다.

몬스터 수백 마리를 모아 봐야 최강의 생물인 드래곤을 상대로는 격 자체가 한참이나 떨어질 수밖에 없다.

'쉽게 할 수 있을 리 없긴 하지. 무려 드래곤, 메판에서도 손에 꼽는 강력한 몬스터니까.'

에단은 잠시 고민했다. 그사이 디트리니르가 하늘 높이 날아올랐다.

디트리니르도 에단이 제대로 싸울 마음이 없다는 걸 눈치챘다. 그저 기묘한 힘을 사용해서 자신을 굴복시키려고 한다는 걸 파악한 것이다.

'흑룡파를 쏘겠군.'

디트리니르가 가진 최강의 파괴 기술, 흑룡파.

'나한텐 안 닿겠지만.'

현재 에단은 수많은 방어 기술을 갖고 있었다. 특히 그중엔 메판 최고의 방어 기술 중 하나인 달빛 방어까지 있었다.

앞서 브레스를 막을 때 그 달빛 방어를 한 차례 사용했으니, 흑룡파 역시 달빛 방어로 막을 수 있었다.

'역시 이런 보스급 몬스터와 싸울 땐 방어 기술을 많이 갖고 있는 게 좋아.'

묵직한 공격들은 사용 이후 딜레이가 생기기 마련이다.

하지만 에단은 달빛 방어와 더불어 그 묵직한 공격을

무효화시킬 수 있는 기술을 많이 보유하고 있었다.

그러니 디트리니르가 묵직한 공격을 하면 에단의 입장에선 기회가 되는 셈이었다.

'다른 방식을 사용해야겠어.'

제압할 수단이 많다고 해서 저 흑룡을 이 손으로 때려잡을 생각은 전혀 없었다. 그래서야 퀘스트를 원하는 대로 이끌어 갈 수 없으니.

"디트리니르! 내려와라!"

에단은 그렇게 말하며 싱싱한 고기를 꺼내 보였다. 준비해 온 보상용 간식 중에서 가장 싱싱한 것이었다.

"이걸 주마! 몸에 좋은 고기다! 심지어 그냥 고기가 아니다!"

이 고기는 에단이 특별히 만든 고기였다. 값비싼 탕약에 꼼꼼히 재워 둔 고기로, 그 맛이 일반 고기보다 압도적으로 훌륭했다.

물론 몸에도 굉장히 좋았다.

'원칙은 명령 이후 보상이지만, 명령이 안 통하니 우선 보상부터 줘야겠지. 명령은 간식으로 경계심을 누그러트린 후에 내리면 돼.'

다행히도 하데스의 마수 테이밍은 여러 가지 경우를 상정하고 만들어져 있어, 에단은 이런 변수에도 대처할 수 있도록 만반의 준비를 해 둔 상태였다.

"뭐라고……!?"

에단이 고기를 흔들며 외치자, 디트리니르는 비로소 상황이 어떻게 흘러가고 있는지를 파악했다.

명령을 내리고 무언가 먹을 걸 준다?

그럼 답은 하나밖에 없었다.

"이 망할 인간 놈이…… 이 인간 놈이 감히……!"

디트리니르가 미친 듯 분노를 토해 냈다. 얼마나 화가 났는지 새카만 눈이 새빨갛게 충혈될 정도였다.

"나를 길들이려 온 거란 말이냐! 감히!"

디트리니르가 분노와 함께 더욱 강대한 힘을 내뿜기 시작했다.

하지만 그 분노는 아무 소용도 없었다.

디트리니르가 그 후로 몇 번 더 공격을 더 퍼부었음에도 불구하고 에단에게 이렇다 할 피해를 입히지 못했다.

오히려 공격 도중에 언령에 의해 움직임을 봉쇄당할 뿐이었다.

만약 그 순간 에단이 공격했다면 큰 위기에 처했을 것이다. 하지만 에단은 반격 한 번 하지 않고 언령을 외칠 뿐이었다.

그런데 하필 그 이유가 자신을 길들이기 위해서였다니.

엄청난 굴욕이었다.

"내가 그 고기를 정말 먹고 하등 생명체처럼 네 명령을 따르며…… 어어……?"

하지만 에단의 마수 테이밍은 생각보다 더 확실했다.

거듭해서 고기를 흔들자 디트리니르의 눈빛이 변했다.
하지만 그는 드래곤이었다.

**-대상이 테이밍에 저항합니다!**

에단은 차분하게 고기를 다시 집어넣었다.
몇 번 반응이 오긴 했지만 역시 드래곤, 쉽사리 테이밍할 수 있는 대상이 아니었다.
"그럼 그렇지. 쉽게 될 거라곤 생각도 안 했어."
이 방법도 통하지 않는다면 이제 남은 건 최후의 방법뿐이었다.
하데스도 이 방법은 최후에나 사용하라고 했지만, 어쩔 수 없다.
"후우우우."
에단이 온몸에 힘을 주었다.
불멸 영웅의 호흡에 이어 역발산까지 사용하자 에단의 온몸이 빠르게 강화되었다.
-말 안 듣는 짐승은 매로 다스려라.
영상 속 하데스는 이렇게 말했었다.
-세상에 다스릴 수 없는 나쁜 짐승은 없다. 그저 한심한 테이머가 있을 뿐. 하지만 최악의 상황은 존재하기 마련이니, 훌륭한 테이머는 피치 못할 상황이 오면 매를 들어서라도 상하 관계를 각인시켜야만 한다.

"그렇지, 세상에 나쁜 짐승이 어디 있겠어. 그 짐승을 다스리는 사람이 부족할 뿐이지."

에단이 자세를 취하고는 크게 점프했다.

그리고 신발에 마나를 주입해 날개를 펼쳤다.

**-문포스의 가죽 부츠의 특수 효과를 사용합니다.**

샤악-!

거대하고 아름다운 문포스의 날개가 펼쳐졌다. 에단은 날개를 이용해 순식간에 날아올랐다.

1초라는 짧은 가동 시간이었지만 하늘 위의 디트리니르에게 접근하기엔 충분했다.

"가죽이 두꺼우니까 죽지는 않겠지."

**에단 검술 제3식**
**만뢰서리격**

상대가 드래곤이니 힘을 아낄 필요는 없으리라.

에단은 앞뒤 가릴 것 없이 강력한 기술을 사용했다.

샤아아아악-!

두 자루의 검이 교차하며 그대로 디트리니르를 베었다.

지금까지 단 한 번도 반격하지 않던 에단이었기에, 디

트리니르는 크게 놀라며 앞발을 휘둘렀다.

"끄윽!?"

그게 실수였다. 디트리니르는 엄청난 고통을 느꼈다.

"역시 드래곤은 드래곤이구나. 그 짧은 순간에 발을 빼다니."

"이, 이 힘은 도대체 무어냐!"

그 강력한 언령만큼이나 종잡을 수 없는 검술이었다.

에단의 말처럼 발을 빼지 않았으면 그대로 잘렸을 것이다.

문제는 그것만이 아니었다. 발을 뺐음에도 불구하고 그의 앞발이 새하얗게 얼어붙었다. 게다가 그 서리는 빠른 속도로 몸통까지 전이되어 가고 있었다.

화륵-.

디트리니르의 온몸이 새카만 화염에 휩싸였다.

"흑룡투체."

디트리니르는 온몸을 굳히려는 서리를 녹인 화염을 곧장 입으로 집중시켰다.

"성멸 흑룡파."

콰아아아아아아아아아아악-!

엄청난 굉음과 함께 디트리니르의 입에서 강력한 브레스가 뿜어져 나왔다.

브레스는 주변을 가리지 않고 전부 다 불태우고 박살 내 버렸다. 에단만 특정하며 부술 수도 있었으나 디트리니르는 이미 이성을 잃은 상태였다.

화르르륵-!

주변이 새카만 화염으로 뒤덮였다.

모든 것을 불태우고 간신히 이성을 되찾은 디트리니르는 천천히 땅으로 내려왔다.

"귀찮게 됐군."

그 인간의 마나가 더 이상 느껴지지 않았다. 아마도 방금 그 공격에 존재조차 소멸된 것 같았다.

"설마하니 인간이 그렇게 강한 힘을 가지고 있을 줄이야. 요즘 너무 약한 인간들만 상대하다 보니 방심한 건가? 인간들도 꽤나 성장했군."

디트리니르는 천천히 심호흡을 했다. 방금 사용한 성멸흑룡파는 몸에 큰 무리가 가는 공격이었다.

그만큼 강력한 위력을 자랑했으니 어쩔 수 없는 반동이었다.

디트리니르는 그대로 몸을 돌려 다시 레어로 일단 돌아가려 했다.

하지만 드래곤의 감각이 순간 그를 뒤돌아보게 만들었다.

"!"

화르륵-!

새카만 화염 속에서 누군가가 걸어 나오고 있었다.

"말도 안 돼. 인간이, 인간 따위가 어떻게 그 힘을 버틴

단 말이냐?"

에단이었다.

멀쩡한 상태로 걸어 나온 에단의 두 손에 서리검과 천뢰검이 빛나고 있었다.

**에단 검술 제4식**
**신뢰만년서리**

천뢰검이 가진 뇌전의 힘과 서리검이 가진 서리의 힘을 극대화시킨다.

거기에 뤼카의 마나를 한계까지 끌고 와 검에 섞는다. 에단이 사용할 수 있는 최고의 수를 섞은 필살의 수였다.

서-걱!

거기에 어스 슬라이드까지 가미했기에, 디트리니르는 에단이 자신을 베는 것을 인지조차 하지 못했다.

철컥-.

에단이 두 검에 묻은 피를 털고는 검집에 집어넣었다.

'죽으면 안 되니까.'

나름대로 힘 조절을 했지만 앞서 사용한 3식보다 훨씬 더 위력이 강했다.

"끄으으으으으윽-!"

거대한 디트리니르의 몸이 앞으로 고꾸라졌다.

에단은 천천히 디트리니르에게 다가갔다.

"옳지, 이제야 엎드리는구나. 잘했다."

그러고는 디트리니르의 입을 벌려 탕약에 재워 둔 고기를 던져 넣었다.

"상이다."

"그르르르르륵."

디트리니르가 낮게 울었다. 심히 굴욕적인 울음소리였다.

**-테이밍에 성공하셨습니다!**

(신들의 구독자 9권에서 계속)

환상이 숨쉬는 공간 파피루스 blog.naver.com/gnpdl7

천하제일의 상재를 타고난 은서호
승승장구하던 그를 가로막는 자들.

"어째서 무림맹이 나를……."
"너무 크게 성장해서 귀찮아졌거든. 그러니까 눈에 거슬린다는 거지."

상단 일을 시작했던 그날로 돌아왔고, 굳게 다짐한다
이번 생에서는 절대 후회하지 않기로

"그렇게 네놈들이 깔본 돈으로 무너뜨려 주마."

천재적인 두뇌와 뛰어난 무공 재능까지
역사에 남을 위대한 상황(商皇)의 행보가 시작된다!

향란 신무협 장편소설

# 은해상단 막내아들